Heute wär ich mir lieber nicht begegnet

今天我不愿面对自己

Herta Müller

〔德〕赫塔·米勒 著

沈锡良 译

后浪

贵州出版集团
贵州人民出版社

写给中国读者

对于我既往的全部作品，能在世界上人口最多的国度出版发行，这无疑是一种莫大的荣幸。我相信很多中国读者对西方文学的阅读和体验，会丰富他们的当下生活，甚至会使他们对人性的省察与对社会现实的感知，具有了“另一种技巧”。但我宁肯你们把我视为您身旁的一个普通写作者，你们都可能是我诸多书中人物的命运共同体。我们以相似的姿势飞翔，也极可能以相同的姿势坠落。

赫塔·米勒

于 2010 年 8 月 11 日

An meine chinesischen Leser

Ich fühle mich geehrt, dass meine bisher publizierten Werke in dem bevölkerungsreichsten Land der Erde erscheinen sollen. Die Erfahrungen, die Sie als chinesische Leser aufgrund westlicher Literatur machen, könnten im Hinblick auf Ihr Leben bereichernd sein. Sie mag Ihnen als eine neue Optik dazu dienen, den Menschen in seiner individuellen Beschaffenheit wahrzunehmen und sich seiner gesellschaftlichen Lebensumstände bewusst zu werden. Was ich mir persönlich wünsche, ist, dass Sie mich als eine Autorin Ihrer Nähe empfinden können. Vielleicht teilen Sie gar ein gemeinsames Schicksal mit manchen Figuren in meinen Werken: Beim Flug sind wir alle ähnlich, aber sehr wahrscheinlich gleichen wir uns im Absturz.

Herta Müller

den 11. August 2010

我被传讯了。周四上午十点整。

我被传讯越发频繁：周二上午十点整，周六上午十点整，周三或者周一。仿佛几年就是一周似的，我感到惊讶的是，夏末一过，冬天又即将来临。

在去有轨电车的路上，结着白色浆果的灌木丛又从篱笆上垂挂下来了。犹如下面被缝上的珠光纽扣，也许一直长到地里，或者犹如小馒头。对转动鸟嘴的白色鸟头来说，这些浆果太小了，尽管如此，我还是忍不住想到白色鸟头。想得人直犯晕。我宁愿去想草地上那点点积雪，可一想到积雪，人就无望了，而想到粉笔，就会让人昏昏欲睡。

有轨电车没有固定的行车时刻表。

有轨电车尽管不是叶子质地很硬的杨树，但我还是觉得它在呼呼作响。车子驶近，今天它会马上把我带走。我本来打算让戴草帽的老人先上车。我到达车站时，他已经等在那里了，谁知道他究竟等了多久。虽然他并不显得老弱，但像影子一样瘦长，驼背而且有气无力。他的裤子里没有屁股，没有髋部，只有膝盖鼓起来了。可是，既然偏偏现在他在车门打开时往地上吐唾沫，我只好在他前面上车了。车里几乎所有的座位都空着，他的眼睛往车厢里扫视一遍，然后他就站住不动了。年龄这么大，却不觉得累，不是因为无法坐下来而站在那里。人们时而听到老人们说道：到了墓地，有你躺着的时候呢。他们根本没有想到过死亡，他们说得也对。这种事永远不会跟着顺序走，也有年纪轻轻说走就走的。只要不必站着，我总是会坐着。坐在座位上行驶，仿佛坐着可以走路一样。那个人打量我，车厢里空荡荡的，你马上就会感觉得到。我没有空闲的脑袋可以说话，否则我倒要问问，我究竟有什么好看的。他才不会去想，是否他的观瞻打搅了我。外面，半座城市从我身旁走过，在树林和房屋之间不断地转换。有人说，老年人的感觉要比年轻人的更多。或许甚至我也有这种感觉，所以今天我的手提包里放上了一条小毛巾、一支牙膏和一把牙刷。但我没带上手绢，因为我不想哭。保罗没有察觉到，当阿布今天有可能将我带到他办公室下面那个小房间时，我有多担心。我什么话也不跟他说，如果果真如此，恐怕他很快就会知道的。有轨电车开得很慢。老人的草帽上有一根脏兮兮的带子，可能是被汗渍或是雨水弄成这样的吧。阿布每次和我打招呼，总是用唾沫吻我的手。

阿布少校将我的手举到他的指尖处，压住我的指甲，差点儿让我大吼一声。他用下唇吻我的手指，留出上唇和我说话。他总是以同样的方式吻我的手，但说话时却总是说不同的话：

啊哟，你的眼睛今天发炎了。

我觉得你长胡子了，在你这个年纪有点早了。

嘿，你的小手今天冰凉，但愿不是循环系统有问题。

哎呀，你牙龈萎缩，好像你是你奶奶一样。

我奶奶没有活到很老，我说，她还没到掉牙的年龄就走了。阿布想知道我奶奶的牙齿，所以才提及这个问题。

女人知道自己今天该有怎样的外表。而且行吻手礼的时候，第一不能痛，第二不能湿，第三应该吻在手背上。至于吻手礼如何做，男人比女人知道得更清楚，阿布当然也是。他的整个身体散发出“艾薇儿”香水的味道，这是一种法国香水，我的公公，那个香水共产党员也使用这种香水。可我认识的所有其他人，并不会购买这种香水。这种香水在黑市上的价格要比商店里的一套西装还贵。或许它叫“九月”香水吧，这种树叶燃烧后带苦涩的有烟熏味的气味我可是不会搞混的。

我坐在小桌子旁的时候，阿布注意到我在裙子上擦手指，我不仅是为了重新感受这些手指，而且也是为了擦掉上面的唾沫。他转动他的印章戒指，心满意足地微笑着。我也无所谓，唾沫是可以擦掉的，它们甚至还会自动晾干，而且没有毒。每个人的嘴里都有唾沫。其他人在人行道上吐唾沫，然后用鞋子踩掉，因为唾沫本来就不该出现在人行道上。阿布当然不会往人行道上吐唾沫，在这个人们不认识他的城市里，他扮演的是谦谦君子的角色。我的指甲很疼，但他还从没有把它们压到发紫的程度。它们重新活跃起来了，好像冰冷的双手突然有了温暖一样。我觉得如果我的眼前漆黑一片、脑子晕乎乎的，那才叫惨呢。假如感觉全身赤条条的，那就是耻辱啊，难道还能以别的言辞描述吗？只是，倘若难以用言语来形容，倘若最好的话也很糟，那又该怎么办呢？

从今天凌晨三点开始，我就侧耳细听闹钟嘀嗒嘀嗒的声音：传讯，传讯，传讯……保罗在睡梦中横踩整张床，突然抽搐了一下，动作迅猛至极，尽管没醒来，却把自己吓了一大跳。这是一种不良习惯。我也睡意全无了。我醒着，知道只有闭上眼睛才能重新入睡。可我没有闭眼。我常常荒废了我的睡眠，必须重新学习如何入睡。这个做起来轻而易举，或者根本做不到。凌晨时分，万物沉睡，连猫狗在垃圾桶周围也仅仅溜达至半夜就歇脚了。要是知道自己睡不着觉，那么与其徒劳地闭着眼睛，还不如在黑漆漆的房间里想着那些亮堂堂的事情来得更轻松些呢。想到大雪纷飞，白雪皑皑的树干，白色的屋子，许多的风沙——我很高兴盼望天明，就这样常常消磨了时光。今天早上，我照例可以想到向日葵，并且也如愿以偿了，可是忘记我上午十点整被传讯的事，对此我无能为力。自从闹钟响起“传讯”“传讯”“传讯”的嘀嗒声以来，我不得不首先想到阿布少校，之后才会想到保罗和我自己。

今天，保罗抽搐的时候，我已经醒来。当窗户灰暗的时候，我在天花板上看到了阿布的大嘴巴，和下面那排牙齿后面的粉红色舌尖，听见了那个挖苦的声音：

为什么你要失去控制能力呢，我们才刚刚开始呢。

只有当我两三周不被传讯的时候，我才会被保罗的大腿弄醒。然后我就很高兴，证明我重新学会如何睡觉了。

我重新学会睡觉后，每天早上都要问保罗：你做过什么梦了。可他一点儿都想不起来。我给他比画，他如何叉开脚趾乱踢乱蹬，然后迅速收回大腿，再弯曲脚趾。我把桌子跟前的椅子拖到厨房中央，坐下来，两条腿腾空，把整个动作演示一遍。保罗不禁笑了起来，于是我说：

你在笑你自己呢？！

哦，是啊，可能我在梦中开着摩托车带你外出呢，他说。

抽搐像是向前飞奔然后中途逃跑一样，我自认为是他喝酒的缘故。但我没有说出来。我也不说黑夜带走了保罗大腿的摇摇晃晃。想必就是这样，黑夜抓住他的膝盖，首先拉住他的脚趾，然后走进漆黑一片的房间里。然后在凌晨，当城市完全为自己沉睡，并且踏进外面大街的黑色之中。如果不是这样的话，那么保罗醒来的时候不可能是笔直站着的。如果夜夺走了每个人的酒瘾，那么到凌晨时分，它肯定会酩酊大醉了。城里喝酒的人太多了。

刚过四点，下面商业大街的送货车已经来了。它们打破了宁静，发出隆隆声响，这种小卡车装货不多，几个箱子里装着面包、牛奶和蔬菜，很多箱子里装着白酒。如果楼下那里没有饭菜，女人和孩子们还能够勉强接受，排的长队顿时如鸟兽散，人们纷纷回家。可是，如果没有了酒，男人们便开始诅咒生活，拔出匕首。店员们尽管在劝说他们，可只有到了店门外，他们才肯罢手。他们四处寻找着，在城里游来荡去。由于找不到白酒喝，第一拨人开始斗殴起来，第二拨人因为烂醉如泥，也开始斗殴了。

这种白酒生长于喀尔巴阡山和丘陵地区贫瘠的平原之间。那里因为有李子树生长，那些小村庄几近被隐没了。森林葱茏，到了夏末成了一片蓝色，枝丫弯曲。白酒的名字和丘陵的名字一样，可没有人使用标签上的名字。它根本就不需要名字，当地就这一种白酒，大家都根据标签上的图片给它取名：两棵李子树。男人们对这两棵相依相偎的李子树的熟悉程度，正如女人们对圣母玛利亚和圣子耶稣一样。据说李子树代表的是酒鬼和酒瓶之间的挚爱。在我的眼里，这两棵相依相偎的李子树更多地像是结婚照，而不是圣母玛利亚和耶稣。在教堂的任何照片中，孩子的头不可能和母亲的头一样高。孩子额头靠在圣母的脸颊上，他的脸颊靠在她的脖子上，他的下巴靠在她的胸脯上。此外，酒鬼和酒瓶之间的关系，就好比结婚照上的新婚夫妇一样，他们毁灭彼此，可又不放开彼此。

和保罗拍的结婚照上，我既没有佩戴鲜花，也没有身披婚纱。爱情在我的眼里重新闪闪发光，可这是我第二次嫁人的结婚照。我们的脸颊就像两棵李子树一样相依相偎。自从保罗开始酗酒以来，我们的结婚照就是预言。保罗在城里的各个酒馆里喝酒至深夜，我总是担心他再也回不了家，于是长久地注视着挂在墙上的结婚照，直至目光开始迷离。我们的面孔变得模糊不清，我们脸颊的位置变了，我们的脸颊之间有了一点儿缝隙。绝大多数情况下，保罗的脸颊和我的脸颊分隔开，仿佛他是深夜回家的。可他回来了，保罗还依然回家，甚至在发生那次事故后同样如此。

有时候，送货车送来了波兰的野牛草伏特加，那种甜酸相加的黄色伏特加。这种酒总是最先被卖掉。每只酒瓶里都有一根长长的禾秆淹没在酒里，倒酒的时候禾秆会抖动不止，但从不会倒出来。酒鬼们说：

野牛草在酒瓶里，仿佛灵魂在身体里，所以它保护灵魂。

嘴巴里那种神魂颠倒的滋味和脑子里那种蠢蠢欲动的酒瘾，都在于因为有了这样一种信仰。酒鬼打开酒瓶，杯子里听到倒酒时发出咕嘟咕嘟的声音，第一口酒流进脖子里。灵魂始终在颤抖，它从不会倒下，也从不会离开身体，它开始受到保护。保罗也在保护自己的灵魂，随便哪一天都不必说自己的生活是无法抓住的。或许没有我他会过得很好，可我们喜欢在一起。白酒夺走白天的光阴，夜晚赶走酒瘾。当我大清早就不得不去服装厂时，我就知道工人们说过的话：人通过那些小轮子给缝纫机的传动装置加润滑油，通过脖子给人的大腿加润滑油。

那时，我和保罗每天凌晨五点整开着摩托车上班。我们看到商店前面的送货车，那些司机、箱子搬运工、店员和月亮。此刻，我听到的只有嘈杂的声响，我没有到窗口去看，也没有去看月亮。我还知道，月亮就像一只鹅蛋离开城市到天的一边去了，而在天的另外一边，太阳正冉冉升起。这一点没有任何变化，在我认识保罗以及步行至有轨电车之前，也是如此。天上有没有美丽动人的东西，地上有没有禁止人们仰望的法律，我在人行道上不好说。应该允许人们从日子中找点乐子，免得日子在厂里变得令人生厌。因为我总是看也看不够，我冻得够呛，并非因为我穿得太单薄。月亮这时候不见踪影了，到了城市的尽头不知往哪儿去了。天亮的时候，天空必须放开大地。大街在地面上陡峭地跑上跑下。有轨电车车厢宛如灯火通明的房间，来来回回地行驶。

我对有轨电车车厢里的情况同样了如指掌。这时候上车的人，如果穿着短袖衣裳，带着一只破旧的皮包，两只手臂上起了鸡皮疙瘩。他那懒散的目光遭受了谴责。那是我们自己人，工人阶级。上档次的人都开着小车去上班。于是人们可以彼此比较了：这个上档次的，那个不上档次的。没有完全一模一样的人，这是没有的。人们没有多少时间，工矿企业马上就到了，被打量的人依次下车。鞋子很干净或者有灰尘，鞋跟笔直或者磨斜了，领子刚熨烫过或者皱巴巴，指甲、表带、腰带的搭扣、头发的头路，一切印证的是妒忌或者蔑视。什么都逃不过那些睡眼惺忪的眼神，哪怕在拥挤的人群中也不会。工人阶级寻找差异，早上没有平等。太阳在车里和我们同行，外面正是中午时分，烈日暴晒，红白相间的云彩挂在天空的高处。没有人穿夹克衫，早上寒冷意味着空气清新，因为到了中午，就是尘土飞扬、酷热难耐的时候。

如果我不被传讯的话，现在这个时候我们还能睡上几小时。白日觉是平淡而黄色的，而不是深黑色的。我们烦躁不安地睡觉，太阳落到我们的枕头上。但人们也可以缩短白日的时光。我们一大早就开始被人观察得够多了，白日不会离我们远去。就算我们差不多一直睡至中午时分，人家也总是可以指责我们什么。人家反正一直可以指责我们什么，这是无法改变的事。人在睡觉，但日子在等待，一张床也不是另外一个国度。唯有我们躺在莉莉身边时，他们才会放过我们。

当然保罗也必须通过睡眠醒酒。一直到了中午，他的脑袋才能固定在脖子上，他的嘴巴才能重新说话——不是以一种酒醉的声音说话。只有他的呼吸还散发出味道，当保罗进厨房时，好像我不得不从下面敞开着的酒吧门口路过一样。从春天开始，法律对饮酒时间作了调整，十一点之后才允许饮酒。但酒吧总是在六点就开门迎客，而到十一点之前白酒放在咖啡杯里，过了十一点就用酒杯喝酒了。

保罗一喝酒，就不再是原来的那个人，用睡眠醒酒，醒来后又是原来的那个人。大约中午时分，一切将恢复如初，然后重新开始堕落。保罗保护自己的灵魂，直至酒瓶里只剩下野牛草，我也在苦思冥想，我们是谁，我和他，直至我什么也不知道。假如我们中午时分坐在厨房的餐桌旁，那么谈论昨天的酗酒问题是错误的。然而我还是会时不时地说上一两句话：

白酒改变不了任何东西。

你为何要让我的人生变得艰难呢。

昨天你的醉意比这里的厨房还大。

是啊，房间很小，我也不想躲开保罗，但如果待在家里，白天我们往往就会坐在厨房里。他到了下午就已经醉了，晚上醉得还要凶。他因为会生气，我推迟了我们之间的谈话。我通宵达旦地等待他重新清醒地坐在厨房里，他的额头下面长着一双容易流泪的洋葱眼睛。我后来说过的话从他身边走过去了。我希望保罗会承认我说的话是对的。可酒鬼们是不会坦白的，不会默默地为他们自己坦白，也早已不会为等待的他人强作坦白了。保罗一醒来就会想到喝酒，但不承认这一点。因此没有任何真相可言。每当不是默默地从我身边走过时，他就会一整天地和我说道：

别担心，我喝酒不是因为绝望，而是因为这酒对我的胃口。

可能是这样，我说，你用舌头思考。

保罗透过厨房窗子朝天空仰望，或者往杯子看去。他将桌上咖啡渍轻轻擦掉，好像必须确认滴出的咖啡很湿，一旦往上一涂抹，痕迹就会变得更大。他拿起我的手，我透过厨房窗子朝天空仰望，往杯子看去，我也把桌上的所有咖啡渍轻轻擦掉。那只红色瓷釉盒看着我们，我报以回望。保罗没有去看，否则他今天一定会做些不同于昨天的其他事了。他此刻很强大还是很软弱，如果他沉默不语，就不会说今天我不喝酒之类的话了。昨天保罗又说：

别担心，你老公喝酒，是因为这酒对他的胃口。

他拖着两条腿走过过道，声音时而太沉，时而太轻，仿佛泥沙和间隙混杂其间似的。我搂住他的脖子，抚摸他的短胡子，每当早上我最喜欢碰碰他的胡子，因为它们在睡梦中长长了。他将我的手拉到他的眼睛下面，我的手滑到他的脸颊直至下巴。我没有将我的手指移走，我只是想到了这一句话：

你如果看到过两棵李子树的图片，那就不该相依相偎了。

我喜欢上午晚些时候听到保罗这么说，但这句话我不喜欢。如果我恰好挪动身子离开他，他就会把他的爱情虚掩着，它如此赤裸裸地出现，他根本不必再说些什么了。他用不着等待任何东西。我的赞同已经准备好了，我的嘴里再也不会冒出指责的话来。他的脑袋也马上变形了。我没有看到这个挺好，我想我的脸将会愚蠢而明亮。昨天早上，由于酩酊大醉后难受，一只猫鼻出乎意料地出现在保罗的脸上，并以柔软的爪子潜行。你的人，他只是如此说道，他脑子贫乏，唇角露出自豪的神色。尽管中午的温柔可以为夜晚的酗酒铺平道路，但我还是指望这一点，而我又不喜欢自己利用这种温柔。

阿布少校说：人们看得到你在想什么，你想要否认毫无意义，我们失去的只是时间。我，不是我们，他反正是在上班呢。他捋起袖子，瞧瞧表几点了。时间，它在表上面，但我的所思所想并不在上面。如果保罗看不到我的所思所想，他早就不会去看时间了。

保罗睡在床里面靠墙那一侧，我睡在外侧，因为我常常睡不着觉。可是，他醒来后老是这么说：

你躺在床的中间，把我挤到墙上去了。

我于是说：

这个不可能，我外侧睡觉的地方像晾衣服的绳子那么细长，睡在中间的是你。

我们可以一个人睡在床上，另一个人睡在沙发上。我们尝试这么睡过。一天晚上我睡在沙发上，第二天晚上保罗睡在沙发上。两个晚上我只是不停地辗转反侧。我在不断地思考问题，到了早上在半睡半醒之间做了很多噩梦。两个晚上全是噩梦，整个白天我的脑子里还是被噩梦缠绕不休。我一躺到沙发上，我的第一任丈夫就把行李箱放在一座大桥上，然后抓住我的脖子哈哈大笑。接着，他朝河水望去，吹一首为爱心碎的小调，河水漆黑一片。其实河水并非漆黑一片，我看到过河水，看到过他的脸在水里，垂直倒置在砾石遍布的河底。然后，在茂密的树林之间，一匹白马在吃杏子。每吃一口杏子，白马都抬起头来，像人一样将石子吐出。当我独自一人躺在床上时，有人从背后抓住我的肩膀说：

别回头看，我不在。

我并没有转过头去，只是用眼角的余光斜视。莉莉的手指抓住我，她的声音是男人的声音，也就是说，这不是她的声音。我举起手来碰她。这时那个声音说：

你既然看不见，也就无法摸得到。

手指我看到了，那是她的手指，只是另有一个人抓住了她的手。但我看不到那个人。而在第二个梦里，我爷爷在给一棵被大雪覆盖的绣球花树修剪枝叶，对我嚷道：你快过来，我这里有一只绵羊。

雪花落在我的裤子上，爷爷那把剪刀将那些上面冻成棕色斑点的花朵剪下了。我说：

这又不是绵羊。

这也不是人呀，他说。

他的手指冻僵了，只能缓慢地打开和关上那把剪刀。我不敢肯定，究竟是那把剪刀还是他的手发出刺耳的声音。我将剪刀扔到了雪地里。剪刀淹没了，根本看不到它究竟落到了哪里。他满院子地搜寻，鼻子上全是厚厚的雪花。我在院门旁边踩到他的手了，于是他耸起鼻子，但并没有走出院门外，到白茫茫的整条大街上搜寻。我说：

你该住手了吧，那只绵羊被冻死了，羊毛都被冻僵了。

院子的篱笆边上还有一棵绣球花树，上面的枝叶已经被剪得光秃秃的了。我朝那边一指：

那是怎么回事？

这是最糟的，他说，它春天就要生崽了，这可不行啊。

第二个晚上一过，保罗大清早就说：

若是人们彼此之间还打搅，那这个人还有另一个人。只有棺材里的人才独自睡觉，这还早着呢。我们夜里应该一起睡觉。谁知道他做过什么梦，马上又把梦忘记得一干二净。

他说这是睡觉，不是做梦。今天凌晨四点半，我看到保罗在灰蒙蒙的光线下睡觉，一张脸走样了，还有一只双下巴。下面的商业大街上有人在骂骂咧咧，大清早地发出大笑声。莉莉曾经说过：

咒骂把罪恶驱除。

傻瓜，把脚拿开。弯下身子，难道你鞋子里有大粪吗？张开你的狗耳朵，你听听，不过不要在起风的时候飞走。发型随它去吧，我们还在卸货呢。有一个女人像母鸡一样发出短促而嘶哑的咯咯声。车门发出砰砰声。抓住，蠢猪，如果你想偷懒不干活儿，去疗养院好了。

保罗的衣服躺在地上。橱门的镜子上贴着今天的日子，是我被传讯的日子。我站在那里，右脚先着地，每次我被传讯的时候总是这样。我不知道是否我相信这一点，但肯定不会颠倒过来。

我很想知道的是，在其他人那里，他们的脑子是否负责理智和幸福。在我这里，脑子只够用来创造幸福。用来创造生活是不够的。无论如何不是用来创造我的生活。我已经满足于这种幸福，尽管保罗说过，幸福是没有的。每隔几天我说：

我过得挺好。

保罗的脑袋无声而笔直地出现在我面前，它惊讶地看着我，好像我们拥有彼此不再有效一样。他说：

你过得挺好，因为你忘记在其他人那里它意味着什么。

其他人说他们过得挺好时，或许他们指的是生活。我指的只是幸福。保罗知道我并没有满足于生活，我也不想说，还不想这么说。

瞧瞧我们吧，保罗说，别妄谈什么幸福。

浴室的灯光将一张脸投向镜子。犹如一把面粉飞到玻璃上那么迅疾。然后，那块玻璃就成了一幅充满青蛙皱褶的画面，就是在青蛙眼睛所在的位置上，那就和我很相像了。水温暖地流到我的手上，我的脸很冷。我刷牙的时候，牙膏的泡沫从眼里冒出来，这已不是什么新鲜事了。我身体不舒服，使劲吐唾沫，可还是中断了下来。自从被传讯以来，我将生活和幸福分隔开了。去接受审讯的时候，我必须从一开始就将幸福放在家里。我把幸福放在保罗的脸上，他的眼睛周围，他的嘴巴周围，放在他的胡子上。要是人们真能看到，那么保罗的脸上一定笼罩上了某些透明的东西。每当我必须离开的时候，我就想待在家里，就像恐惧待着一样，我是无法夺走保罗的恐惧的。就像我离开的时候，将自己的幸福留下来一样。他不知道这一点，他完全无法忍受我的幸福依赖于他的恐惧。但他知道一个人看到什么。我被传讯的时候，我总是穿着那件绿色衬衣，吃着胡桃。那件衬衣是莉莉的遗物，但它的名字是我给起的：这件仍在生长的衬衣。如果我带走了幸福，我的神经就会脆弱得受不了。阿布说：

你的神经干吗受不了，我们才刚刚开始呢。

我真的没有失去自制力，我的神经真的不是太少，而是太多。而所有的人都像行驶着的有轨电车那样发出轰鸣声。

在空荡荡的胃里，胡桃对神经和理智是有好处的。每个孩子都知道这一点，可我却忘了个精光。不是因为我经常被传讯才会重新想起这一点，而只是出于偶然。就像今天，我应该在十点整到阿布那里，七点半就准备好出发。整个路途顶多需要一个半小时。我准备用上两个小时，一旦到那里太早，我宁可在附近溜达一下。我还从未迟到过，我难以设想，谁能容忍这种懒散的行为。

我过来吃胡桃，因为我七点半就已经准备好

了。以前轮到我被传讯时也是如此，可那天早上，一只胡桃就躺在厨房桌上。保罗前一天在电梯里发现了它，放进了自己的口袋里，因为人们不会把胡桃放在电梯里。这是今年刚上市的胡桃，来自绿色果壳的潮湿纤维还黏附在上面。我在手里掂量了一下，对一只新鲜胡桃来说，它是太轻了，好像它里面是空的没有果实一样。我找不到锤子，用石头把它敲开，石头当时在过道里，但从此以后就放在厨房角落里了。胡桃肉很松软。吃起来有股酸酸的奶油味。那天审讯比平时更短，我保持镇静，重新走到大街时，我想道：

我要把它归功于这只胡桃。

自此以后，我相信胡桃是有作用的。我并不是真的相信，但我喜欢做所有可能的一切，凡是有用的我都要做。因此，我把石头作为工具，把上午作为钟表时间。如果胡桃一夜之间启动了四处乱放的程序，那么它们的用处就算走到尽头了。不仅对保罗和邻居，对我而言夜里敲门也完全可以更容易忍受一些，可我无法去干涉时间。

这块石头是我从喀尔巴阡山上带回来的。从三月起，我的第一任丈夫去当兵了。他每周给我写一封痛哭流涕的信，我就用一张安慰性的明信片回复他。现在已是夏天，可以精确地计算一下，等到他回来，我们来来去去的信件和明信片还有多少。因为我公公想接替他和我睡觉，所以我讨厌待在院子里和家里。我收拾好自己的旅行背包，等到他第二天一早去上班之后，就把背包放在篱笆有一个缺口的矮树丛中。快近中午，我两手空空地走到大街上。我的婆婆在晾衣服，没有注意到我在干什么。我不吭一声，从篱笆那里拿起背包去了车站。我坐车到山里，向音乐学院的一个大学毕业生团组求助。我们每天跌跌撞撞地走到天黑，从一个冰川湖走到另一个冰川湖。在每个岸边，在那些碎石之间竖立着一块块木十字架，上面写着每一个淹死者的死亡日期。水下坟墓和周围的十字架，是对世人的警示。仿佛那些圆形的大湖很饥渴，每年到了那些写在十字架上的日子里就需要肉一样。自从有了这些死者，再也没有人到这儿来潜水。水一切断生命，人立马就心凉了。大学毕业生们在唱歌，尽管湖泊能够映出他们站立时头朝下的倒影，以便证明他们是不是合适的尸体。他们在走路、中途歇脚或者吃饭时齐声合唱。即便就像在最裸露的高处一样，天在那里吹到一个人的嘴里，他们夜里在睡梦中开始多声部唱歌，我也不会感到惊讶。我不得不求助于这个团组，因为死神不会把任何孤身迷路的漫游者交出来。在湖畔，他们的眼睛每天变得越来越大，他们早就抓住了脸颊，我在每一张脸上看到了这一点，而每一天他们的大腿变得越来越短。可在最后一天，我想带点儿东西回家，于是在所有的卵石中捡了一块和儿童脚丫相似的石头。这些大学毕业生在寻找可以放在手里的小巧平整的石头——忧愁石。这些小石头和我在服装厂每天可以随便拿到的大衣纽扣相似。可那些大学毕业生们当时相信这些忧愁石，正如我现在相信胡桃一样。

我无法改变这一点：我穿着那件仍在生长的绿色衬衣，用石头敲击了胡桃两次，厨房里的餐具摇晃着，胡桃就打开了。我吃胡桃的时候，保罗过来了，被敲击声吓住了，他穿着睡衣裤，喝了一杯或两杯水，如果像昨天晚上那样喝得酩酊大醉，那就喝上两杯水。我不用听明白他说的每一句话，也知道他喝水的时候说了什么话：

你不是真的相信胡桃有什么作用吧。我当然不会真的相信，正如我不是真的相信所有我养成习惯的东西。我是越来越顽固不化了。

你就让我相信我愿意相信的东西吧。

保罗不会再作任何补充了，因为我俩都知道，一个人在审讯前脑袋里必须有空间，不应该去争吵。尽管我有胡桃，但绝大多数审讯还是漫长得折磨人。只是我从哪儿知道，如果没有胡桃，审讯不会变得更糟呢。保罗不明白我依然更多地依赖于我养成习惯的东西，而他则以自己湿漉漉的嘴巴和喝光的杯子对它们表示蔑视，然后将杯子放好。

一个人被传讯的时候，会对那些有用的东西养成习惯。是真是假并不重要。并不是说我对这些东西养成了习惯，可它们一个接一个地悄悄过来了。

保罗说：

你就不用搭理它们了。

相反，他常常思考我被传讯时等待我回答的那些问题。这是很有必要的，他说，而我做的，那是疯了。要是他给我准备的问题正是等待我回答的，那是很有必要的。可迄今为止，他提的都是另外一些问题。

说那些我已经养成习惯的东西对我有用，那是要求过高了。它们有点儿用，但不是对我有用。顶多就是对过日子的那种生活有点儿用。人们不该由此指望自己获得脑袋里的幸福。对生活可以谈得很多。对幸福没什么好谈的，否则它就不再是幸福了。甚至连人们错过的幸福，也是经受不住谈论的。在那些我已经养成习惯的东西那里，涉及的是日子，而不是幸福。

保罗无疑说得对，胡桃和那件仍在生长的衬衣，只是在额外地制造恐惧。那又能怎样，如果一个人只能够制造恐惧，为什么还希望制造自己的幸福呢。我在安安静静地为此忙碌着，不像其他人那样提出很高的要求。谁也不会渴望由另一个人制造的恐惧。这就和幸福背道而驰了，因此这不是好的目标，不适用于任何一天。

那件仍在生长的绿色衬衣，有一粒很大的珠光纽扣，是我当时为莉莉从厂里众多的纽扣中挑选出来的。

审讯时，我坐在一张小桌子旁，转动那粒纽扣，即便所有的神经在我心里发出轰鸣声，我也会平心静气地回答。阿布在来回踱步，因为他必须正确地提问，这使他心烦意乱，正如我必须正确地回答同样使我心烦意乱一样。只要我处之泰然，他就会把一些东西，甚至所有的一切都错误处理了。审讯结束回家，我穿上了那件灰色衬衣。它意味着：这件衬衣仍在等待。这是保罗的衬衣。当然，我常常因为这些名字而怀疑。可它们还没有什么坏处，连我在不被传讯的日子里也没有。那件仍在生长的衬衣帮了我的忙，而那件仍在等待的衬衣可能帮了保罗的忙。他心急如焚地担心我，正如我心急如焚地担心他，如果他坐在房间里等待、喝酒或者在城里四处酗酒的话。如果一个人必须自己离开，将恐惧带走，让幸福留下来，由另一个人等待着，那么他的日子就要轻松得多。坐在家里等待，就会把时间拉长直至断裂，恐惧将升至极点。

至于我相信那些我已经养成习惯的东西，那是一个人无能为力的事。阿布嚷道：

你瞧，这些东西吻合了。

于是我转动我衬衣上的那粒大纽扣，说道：在您那里是，在我这里不是。

戴草帽的老人快要下车时，用一双无神的眼睛朝我瞅了瞅。现在，一个父亲抱着一个孩子坐在对面座位上，把自己的大腿放在过道上。他不想与从自己身边经过的城市景物有任何瓜葛。他的孩子将食指塞进父亲的鼻孔里。弯曲手指，寻找鼻屎，这种事人们早就学会了。到后来，一个人会被告知，他只能在自己鼻子里寻找鼻屎，而且只能在没有人注意的时候。对这位父亲来说，眼下还不晚，他微笑着，或许孩子这么做对他很有好处。有轨电车在一个不是车站的地方停了下来，驾驶员下车了。谁知道我们要在这里停留多久。现在还是清晨，他就在那段线路中间浪费了大家一段时间。每个人都可以在这里随心所欲地做点什么。他到那边的商店去了，还给自己的衬衫和裤子整理了一番，不让人发觉他将有轨电车停在线路中间不闻不问了。他摆出一副架子来，仿佛纯粹是因为坐在长沙发上太过无聊，自说自话地到太阳底下溜达溜达。如果他想在商店里买点什么东西，他必须说出自己是谁，否则就必须排长队等候。如果他只是想喝喝咖啡的话，那但愿是站着喝。就算白酒那里开着窗口，他也是不允许喝的。除了他之外，坐在这里的所有人，我们都有权闻闻白酒的芳香。可他装出截然相反的样子。因为我必须在十点整到达，关于白酒这件事，我倒和他处于同样的境地了。我倒宁可是因为他而不是因为我的缘故才放弃购买白酒的。谁知道他何时回来呢。

自从我把幸福放在家里之后，有人行吻手礼时我不再像从前那样麻木了。我把手关节弯曲到上面，阿布说话就不再毫无阻碍了。我和保罗练习过吻手礼的动作。因为我们想知道，阿布行吻手礼时他中指上的印章戒指是否会压伤手指，所以我把一块橡皮和一粒大衣纽扣缝制成一枚戒指。我们交替戴着这枚戒指，引得我们纵声大笑，失去了当初训练的缘由。自此以后我知道，我的手指不应该突然向上弯曲，而是始终应该渐渐向上弯曲。这样的话，手指节骨位于他的牙龈旁，他也就无法说话了。偶尔，阿布吻手的时候，我会想起和保罗练习的情景来。然后，我指甲的疼痛和唾沫不会使我感到屈辱了。人们可以从中学到东西，但我不能挑明这一点，我绝对不能放声大笑。

在我和保罗居住的塔楼房旁边，人们溜达时从大街上或者从小汽车里只能看到大楼入口，还能仔细观察下面几个楼层的动静。从六楼再往高处，房子就太高了，当然你需要各种技巧才能看得到细节。

此外，塔楼房大约在其中间高度位置开始向外弯曲。如果一个人仰望时间很长，他的眼睛就要跑到自己的额头上去了。我经常做这方面的试验，我的脖子都累酸了。塔楼房十二年前就是如此，从一开始就这样，保罗说。如果我想给某个人解释我住在哪儿，我只需说我就住在那幢滑落的塔楼房里。城里的每个人都知道那是在哪儿，然后问道：

你不担心那房子倒塌吗？

我不担心，那里面有钢筋混凝土呢。因为这些人在含沙射影的同时还朝地下看去，仿佛我的脸会让他们头晕眼花似的，我就说道：

还不如说所有其他的房子会倒塌呢，在这座城市里。

他们于是点点头，以捕捉脖子上血管的跳动。

我们的寓所位居高处，对我们来说是有利条件，但也有不利条件，我和保罗从这里无法看清楼下发生的事。从八楼那里就无法看清比行李箱更小的物体了，那么有谁什么时候扛着一只箱子，就不得而知了。衣服变得模糊不清，它们的颜色成了大斑点，头发和衣服之间的面孔成了小斑点。你完全可以猜测，鼻子、眼睛或者牙齿在小斑点里是什么模样，可这有什么用呢。你可以从走路姿势判断，是老人还是孩子。塔楼房和商业大街之间的草地上堆放着垃圾桶，垃圾桶旁边是人行道。从人行道出来有两条小路常常会错过，就在垃圾桶附近。从这里高处俯视，垃圾桶就是被翻乱了的没有柜子门的柜子。每月一次垃圾被焚烧，烟雾冉冉上升，侵蚀人的身体。如果窗户没有关上，人的眼睛会酸痛，脖子会生疥疮。这种事大多发生在商业大街上，很遗憾我们只看到了它们的后门。正如我们也常常清点的那样，我们从没有成功地将二十七个后门分摊到饮食店、面包店、蔬菜店、药房、酒吧、鞋店、理发店和幼儿园这八个前门身上。尽管马路后面的建筑物墙上开了许多门，但许多送货车还是停泊在前面的大街上。

老鞋匠抱怨地方狭小，老鼠众多。店铺的工作台周围用木板钉住。

这个铺子是我的前任做的，当时是新搭建的，鞋匠说，木板墙当时也有。我的前任没想到，或者他没有兴趣去考虑，他也并没有用过那些木板。我把钉子打了进去，自从鞋子挂到了鞋带、皮带或者高而尖的鞋后跟上面之后，就没什么要咬的了。老鼠咬东西，让我来掏钱，这可不行。尤其在冬天，因为饥饿在增长。木板后面的空间硕大得犹如大厅一般。刚开始的时候，那是一个节假日，我有一次到店铺来，在下面的桌子后面松开了两块木板，用手电筒往里面一照。人是哪儿都进不去的，整个地板在颤动，发出吱吱尖叫，他说，全是老鼠窝。它们不需要门，只需要地上的过道就行。墙上到处都是插座，马路后面的建筑物墙上还开了许多后门，可以通往那些垃圾桶那儿。你都不用打开一条门缝宽，把老鼠赶出去至少需要几个小时。修理铺的门只是铁皮，商业大街后面的建筑墙上，超过一半的门都是固定在墙上的铁皮。人们想节省混凝土，而那些插座可能是给战事准备的吧。战争总是会有的，他笑了起来，可不是在我们这里。俄国人和我们签订了协议，他们不会来。他们把需要的东西运到莫斯科，吃掉我们的粮食和我们的肉。他们把饥饿和棍棒留给我们。想要征服我们，那是要付出代价的。每一个国家都为没有我们而感到高兴，甚至俄国人也是。

驾驶员过来了，他在吃一只小面包，一副不急不忙的样子。他的衬衫又从裤子里滑出来了，好像他一直在开车似的。他的手里拿着那只小面包，鼓着腮帮子，抚摩一下自己的头发，一张哭丧着的脸，像是咀嚼时需要那样。在台阶这里他迈着优雅的步子，但不是做给我们看的。他对我们做出一张冷脸，好让车上的人谁也不敢对他说什么。他上车了，另一只手里拿着另一只小面包，第三只小面包从他的衬衫口袋里露了出来。有轨电车徐徐开动。带孩子的那个父亲这时已经把他的大腿从过道里伸到了座位中间。孩子在舔车窗玻璃，父亲用手抓住孩子的脖子，好让他那淡红色的小舌头够得着上面的玻璃，而不致从那里掉下来。孩子转动脑袋看看，一把抓住父亲的耳朵，开始喋喋不休地说话。他没有将孩子湿漉漉的下巴擦干净。或许他在倾听。可是他不知道想到哪儿去了，透过车窗玻璃上的唾沫向外看，似乎窗玻璃变成这种样子是因为玻璃上面自己滴下唾沫。他的后脑勺上长着兽毛一样浓密的短发。那上面一块伤疤的地方没长头发。

夏天来临，有人开始穿着短袖衣服四处闲逛。那时候，我和保罗有整整一个星期怀疑一名男子。

一直到今天，这个人每天七点五十分空着手从商业大街出来，从人行道溜达到垃圾桶周围，再重新到人行道，再回到商业大街。保罗那时也太笨了，他将废纸塞满塑料袋，将塑料袋拿在手里，开始尾随在那名男子身后。一直到中午一点，他才回来，手里拿着一只长而白的面包，他完全可以把面包藏在腋下带回来。第二天早晨，他在七点一刻到了大街，然后在七点五十分，就在那名男子在垃圾桶周围溜达时，带着那只开裂的面包回家了。那人约莫四十岁左右，戴一条十字架金项链，一只内臂上有铁锚，另一只内臂上刻有“安娜”字样的刺青。他住在桑树大街的一幢淡绿色行列式住宅小楼里，每天早上，在到垃圾桶周围溜达前，他都要将一名哭泣的男孩送到幼儿园去。他从幼儿园回家，除了消遣之外，在我们的居住小区里恐怕找不到什么东西。尽管每天绕道而行并不是什么消遣。保罗说道：

因为就在酒吧附近，所以他到垃圾桶那里去。前不久因为心情不好，他去过那里。发酵垃圾的白酒气味多少减轻了他的内疚心理，他可能掉转头来，在酒吧里要了第一杯白酒。所有其他一杯一杯白酒都是自然而然来了。大约九点，有一个人坐在他跟前，那个人只是喝了两杯咖啡，坐在桌旁，到十二点差五分结束，因为这时候他必须去接回那个孩子了。如果看到他在等，孩子中午也会哭泣。

对我来说，垃圾桶闻起来并没有白酒的臭味，对喝酒的人而言，那可能就另当别论了。可今天，他既然在下面走路，为何还要抬起头来仰望呢？而那个穿着短袖棕色夏装的五十岁男人究竟怎么啦？为何要陪着他呢？如果保罗说，为了在回家路上不会对酒瘾产生负罪感，有人伸出脖子望天，我想他是在说他自己吧。还有，孩子看到他为何要哭泣呢，或许是人地生疏吧。保罗说这话的时候，并没有起过疑心：

谁借过这个孩子啦？

他从不去买东西，否则他就知道，那些人之所以要借孩子，是因为他们可以在商店里买到更多份额的肉、牛奶和面包。

保罗问道，为什么每天上午和中午那个酒鬼要到某些地方去呢？他只是在某一天上午和某一天中午偷偷尾随在他身后。一切可能是巧合吧，不是习惯。阿布在这些事上是受过培训的。在长短不一的间隔中，为了迷惑我，他对同样的问题至少问了我三遍，直至他对回答感到满意为止。然后他才说道：

你瞧，这些东西现在吻合了。

保罗说，如果我对他查明的事实真相不满意的话，我应该跟踪酒鬼本人。最好不要，手里拿着一只袋子，或者腋下夹着一只面包，人家不会看不到你的，你会暴露自己的身份。

尽管每天上午我都会想起酒鬼在下面走着，并且伸出长长的脖子仰望，但我七点五十分的时候还是不再站到窗口去了。我也不再说一句话，因为保罗太固执己见了，好像他的生活中需要的是酒鬼，而不是我。好像当这个男人在他的孩子和他的酒瘾之间只是一个痛苦的父亲时，我们的生活就会变得更容易一些。

一切都可能是真的，我说，他只是顺便刺探情报吧。

驾驶员将第二只小面包上的盐粒刮去。厚厚的盐粒弄得他的舌头发疼，也划破了牙齿的珐琅层。另外，盐会让人生渴，因为无法在路途中上厕所，也许他不愿意经常喝水，也因为如果水喝得多，出汗会更厉害。我爷爷说过，劳改营里的人用蒸发水中的盐清洁牙齿。他们将盐放进嘴里，用舌尖在牙齿中间磨碎。但这种盐细如尘埃。司机吃完了第一只小面包，拿出瓶子喝起来，但愿喝的是水。一辆敞开式卡车穿过十字路口，车里面装的是绵羊。它们一个个挤在挂车里，车即便再摇晃，它们也不会倒下来。没有脑袋，没有肚子，只是黑白相间的羊毛。直至到了拐弯的地方，我才想起它们中间还有一只狗脑袋。在前面的司机旁边还有一名男子，戴着一顶冷杉绿的山里牧羊人小帽子。这群绵羊可能是到不同的草地上去吃草吧，因为屠宰场里是不需要狗的。

有些东西，一旦说出口，就变糟了。我已养成及时沉默的习惯，可这大多又太迟了，因为我想坚持一会儿。每当我和保罗不明白让其他人烦恼的东西，我们之间的争吵就会让我们绞尽脑汁。这样的争吵与日俱增，每一句话都需要吵闹不停。我想我们从那个酒鬼中看到过这一点，那种大多让我们自己烦恼的东西。这和我们相爱与否并不是一码事。喝酒比我被传讯更折磨保罗。在那些日子里，他大多在喝酒，恰恰这时候我就没有权利去责备他了，即便他喝醉时更多地是在折磨我，而不是……

我的第一任丈夫身上也有刺青。他从部队回家，胸上有一朵穿过一颗心的玫瑰。在玫瑰花茎的下面写着我的名字。尽管如此，我还是离开了他。

你干吗要弄伤你的皮肤，这朵心形玫瑰顶多放到你的墓碑上才合适。

因为日子漫长，我要想你，他说，所有的人都这么干。胆小鬼除外，这种人总是到处都有。

我并不是像他认为的那样到另外一个人那里去，只是想离开他而已。他也希望我给他一张收据，上面写着所有的理由。我无法告诉他任何一种理由。

是你把我看错了，他说，还是我变了？

不，正如我们看到的那样，我们俩就是如此。爱情不是原地踏步，我们的爱情两年半前就结束了。他注视着我，因为我没出声，他说道：

你是到处要求棍棒的那种人，我对此无能为力。

他是当真说的，因为他知道自己永远无法对我举起手来。我也这么认为。直至那天发生大桥事件之前，他从来不会因为愤怒而把大门关上。

那是晚上七点半。他请我趁商店关门打烊前，赶紧和他一起去买只箱子。他想第二天上午到山里去待上两个星期。他说这段时间里我会想他的。两星期算什么，就是我们两年半时间不见面也不多啊。

我们从商店里出来，默不作声地在城里走着。他扛着那只新箱子。商店快要关门了，那名女售货员并没有把箱子清空，因此箱子里塞满了废纸，把手上挂着价码牌。就在前一天，整座城市下起了骤雨，夹杂着泥沙的洪水从河里蔓延到了草地上。他在大桥中央站住了，他的手指压住我的手臂，一直捏到了我的骨头上，说道：

你看看下面有多少水呀。如果我从山里回来，你离开了我，我就跳下去。

那只箱子横在我们中间，他的肩膀后面是河水，水里枝丫丛生，溅起污浊的泡沫。我吼道：

那你立马在我面前跳呀，你就不用到山里去了。

我做了一次深呼吸，头朝他倾斜过去。如果他以为我想亲他，那不是我的错。他张开嘴唇，可我重复道：

跳吧，我来负责。

于是，我挣脱开自己的手臂，让他的双手有了自由，他想跳就可以跳了，可我又吓得差点儿晕过去，怕他真的跳下去。我迈着细步没有回头就离开了，他不必感到拘束，我离开这个被淹死的人也已经够远了。我差不多到达了大桥的尽头，他气喘吁吁地跟在我后面，把我推到桥栏杆边上，压到了我的肚子。他抓住我的脖子，尽可能伸展他的手臂，深深地压低我的脸，使我面对着下面的河水。我的整个重量都压在了栏杆上，我的脚从地上抬起，他将我的小腿肚紧紧压在他的膝盖之间。我闭上眼睛，等着在我掉下去之前他能给我一句话。他简短地说道：

是这样。

谁知道，为什么他不是松开膝盖放走我，却是松开了抓住我的脖子的手？我跌倒在地上，他后退了一步。我睁开眼睛，它们慢慢从我的额头回到了我的脸上。天空蓝中带红，恢复到原来的状态，河水旋转出棕色水圈。趁他还没注意到我是否还活着的时候，我开始奔跑。我从来没有想过停下来，恐惧在我的腭下突突地跳着，我打了个嗝儿。一名男子推着一辆自行车从我身旁走过，打着铃声，叫道：

嗨，宝贝，闭嘴，否则你的心都要凉了。

我跌跌撞撞地停住脚步，腿感到疲软，手感到沉重。我身子既感到发烫，又感到寒冷，根本没有走多远，几乎才走了一段路，只是心里觉得已经走了大半个地球了。钳柄弄疼了我的脖子，那名男子将自行车推到公园里，两根波纹软槽慢慢地移动到他后面的沙地上，我前面的沥青地面还完全没有铺设。天空被树林包围着，那座墨绿色的公园陡峭向上。大桥没有给我安宁，于是我不得不回头张望。在这期间，那只箱子依然放在我离开时的大桥那个位置上。而就在我躲避死亡而离开的地方，他的脸正对着河水。在我打嗝儿的节奏之间，我听到他在吹口哨。充满旋律感，毫不停顿，他吹着一首从我那里学来的歌曲。我不再打嗝儿，被一个接一个的恐惧冻住了。我抓住脖子，感到咽喉在手中凸出来了。一个人糟蹋另一个人竟然可以如此神速。他在大桥那里吹起了口哨：

那棵树上有一片叶子
茶里有水
钱里有纸
那颗心上有一片错掉落的雪花

今天我想到，还算幸运，他抓住了我的脖子。于是，我并没有成为主谋，反倒他几乎成了凶手。这就是他不会揍我，自己鄙视自己的原因。

那名父亲在打瞌睡，没有抱紧孩子，我以为孩子就要掉下来了。这时候，孩子用鞋子朝他的肚子上碰了一下。父亲吓了一跳，将孩子拉到怀里。那双微型凉鞋在不停地晃动，仿佛父母今天早上从他的玩具里拿出一双给他穿上一样。鞋底是崭新的，还没有在大街上迈过一步。父亲给孩子一块手绢，让他自己玩去。手绢上打了个结儿，结头里面肯定有什么硬物，孩子拿着手绢往车窗上敲击。或许是硬币、钥匙、钉子或者父亲不想丢掉的螺栓。驾驶员已经听到了敲击声，他朝四下看看，嚷道：你弄好了，弄坏玻璃是要赔钱的。我不担心，父亲说，我们又不会弄坏玻璃。他在玻璃上轻轻拍了拍，指着外面的大街，说道：你瞧，那边有一个婴儿，比你还小呢。孩子丢掉手绢，说：妈咪。他看到一个女人推着一辆婴儿车。父亲说道：我们的妈咪不戴墨镜，否则她看不到你的眼睛有多蓝了。

每当保罗问起我的第一任丈夫时，我就说道：

我全忘记了，我什么都不知道。

我想，我在保罗面前的秘密要比保罗在我面前的更多。莉莉有次说过，如果人们谈论秘密，那么秘密就不会消失，人们可以谈论的东西，是表皮，不是核心。在她那里或许就是，如果我什么都隐瞒不说，那么我可就处在核心了。

你把它称为表皮，我说，如果某些东西就像在大桥上那次过分的话。

可你是在谈论适合你的东西，莉莉说。

怎么可能适合我呢，根本不适合我呀。

这当然是针对你的，也是针对他的，莉莉说，可它真的适合你，因为你可以随心所欲地谈论它。

它本来就不是我希望的那种。你不相信我和你说的就是你想对我隐瞒的东西，因此你说这是表皮。

可它涉及的是，这个秘密始终和我的继父有关，即便我每天随心所欲地谈论它。

我也不想再去费尽心机地琢磨垃圾桶旁边的那个酒鬼了。再说，谁知道他在想什么，他真的已经在上面的窗口观察我好几天了。因为我和保罗始终无法对酒鬼的看法取得一致，所以我们也已经放弃对下面的人们妄加猜测了。他们究竟是正方形、圆形，还是直线行走？人们不认识他们，在下面的大街上从他们身旁走过，人们会看到什么呢。他们从旁边走过，仿佛他们后面有脚趾，前面有脚后跟，这个和他们的脚无关，只和我有关。当然，尽管如此，我们还是不停地向窗外望去。有一辆小车毫无意义地停放在商店的那些后门旁边，或者有一半空间停放在居住小区前的人行道上了。这里的人行道可不允许普通人停放车辆的。对这辆小汽车，可没有什么好猜测的。不过我们已经够忙忙碌碌的了。

我宁愿向厨房窗口外面张望。燕子沿着自己的弧线在空中飞行了一大圈。今天早上，它们在低空飞行，而我已经咀嚼过胡桃，看到了燕子我就知道，外面又是新的一天开始了。我因为被传讯，今天只能看到窗口，即便我在少校桌子旁边可以看到半棵树。从我被传讯至今，它肯定长宽了一臂长。在冬天，时间消逝看树干，而在夏天，时间消逝看树叶。树叶根据风向点头或摇头。我对此给不出任何东西。如果阿布向我提出一个简短的问题，他希望我马上给出回答。简短的问题并不是最简单的问题。

我必须反复思考。

酝酿谎言，他说，如此快速地编造谎言，必须很聪明才是，恐怕你还不行。

那好吧，我很笨，但并不是我说过或许对我不利的话。阿布若是想以我的脸来估计我说的是真话还是谎言，我还没有笨到可以让别人如此欺负我的地步。有时候，他的眼睛很冷漠，有时候它们又对我产生渴望……

有时候，莉莉活在我心里，盯着阿布的眼睛看了太久。

我的鞋子在桌子下摸索，房间里就不觉得太悄无声息了。

那棵树上有一片叶子
茶里有水
钱里有纸
那颗心上有一片错掉落的雪花

一首冬季和夏季之歌，但这是给外面的世界的。人们头上有树叶和雪花，就会马上落入别人的圈套。我不知道这种树的名称，否则我不会为这棵树歌唱，而一定会为白蜡树、金合欢树、杨树歌唱。

我转动那件仍在生长的衬衣的纽扣。从那张小桌子那儿看去，我还从没有像那位少校一样，如此靠近那些树枝。我们同时注视那棵树，我很想问：

这是一棵什么样的树？

这可能就是一种消遣吧。他肯定不愿意回答，而是将椅子挪到前面，而且，就在裤腿在踝骨旁边来回滑动的时候，或许转动他的印章戒指，或者用他的铅笔头玩，然后反问道：

你为什么必须知道呢？

那我还能说什么呢？他确实也不知道为什么我总是穿同样的衬衣，正如他不知道为什么自己戴着那只印章戒指一样。他不知道为什么我要转动那粒大纽扣。我也不知道为什么他的桌子上总是放着火柴那么短的已经咬烂了的铅笔。男人们戴着印章戒指，女人们戴着耳环。人们迷信结婚戒指，直到老死都不会从手里脱下。如果男人去世了，那名寡妇就拿下他的戒指，日夜戴在她的中指上。和所有已婚人士一样，阿布上班时一直戴着他那只细小的结婚戒指。我觉得，只有那只印章戒指和他的工作不相配，既折磨首饰，也折磨人们。他长得一点儿也不丑，如果这不是他的戒指，那么他是很英俊的。

就连他的眼睛、脸颊以及脑袋边上的耳垂，也很漂亮。无疑地，莉莉一定很喜欢伸出双手抚摩他，有朝一日或许把他作为恋人介绍给我。

他长得多好看呀，我一定会这么说。

人们可以对莉莉的漂亮置之不理，肉眼所见真叫人蠢蠢欲动，但这不是罪过。她的鼻子、弯脖、耳朵、膝盖，人们在蠢蠢欲动之余，真突然有种想去保护它们的冲动，用手去遮住它们，人们忧心忡忡，想到了死亡。可我从没有想到，这样的皮肤将来会起皱。在年轻和死亡之间，我从没有想到过莉莉的年老色衰。阿布的皮肤看起来好像不是来自肉体一样。这是因为他工作出色而授予他的级别。过了这个年龄他已经没有升迁的可能，他的优势不变，因为缺少的是死亡。我希望他这样。阿布的英俊是为审讯而备，他是一个清白无辜的人，即便他的唾沫黏附在我的手上，他的外表也不希望把自己弄得声名狼藉。也许恰恰就是这种差别，才不允许他提及莉莉。他桌上那支削短了的铅笔不适合他，不适合他这种年龄的任何人。而阿布也肯定不必为铅笔省钱的。或许他很自豪，自己的孙子长牙齿了。孙子的照片完全可以代替书桌上的铅笔头，只是和所有的办公室一样，这里也禁止摆放家庭照片。或许这种铅笔头用来书写垂直字体，或者说，一支长长的铅笔可以将印章戒指磨得很锋利。或者，那支铅笔头应该向我展示，有多少像我这样的人已经被写下来了。我们什么都知道，阿布说。有可能吧，我赞同莉莉的意见，或许是知道死者的表皮吧。可是阿布对她的秘密，对莉莉的一切一无所知，他未曾提及过。对幸福和理智一无所知，明天要做什么，我今天连自己都不清楚。而且，对后天可能发生的偶然事件也一无所知，我不是还活着吗……

我和阿布一起注视那棵树，这并没有什么特别之处。就连我自己的或者他的桌子，一堵墙，那扇门，或者地板，我们也同时注视着。或者他注视他的铅笔，我注视我的手指。或者他注视他的戒指，我注视我的大纽扣。或者他注视我的脸，我注视那堵墙。或者我注视他的脸，他注视那扇门。彼此不停地看对方的脸，让人疲惫不堪，尤其让我疲惫不堪。我只相信那些不变的物体。但树在生长，那件衬衣的名字也是由它而来。尽管我把我的幸福放在家里了，但这件仍在生长的衬衣在这里。

如果不被传讯的话，我就穿过几条小巷步行到城里的商业街去。在金合欢树下，白色的花朵或者黄色的树叶纷纷落下。如果没有什么落下的话，那么只有风落下了。当我还在工厂上班的时候，我一年顶多两次在中午时间去城里。我根本不知道，这个时间段里竟有那么多人不在上班。和我不同的是，所有的人闲逛的时候是有工资的，他们在上班时间杜撰了管道破裂、疾病、葬礼，在出门散步前还得到了上司和同事深感遗憾的话语。我只有一次杜撰过我爷爷的去世，因为我想在上午九点商店开门时购买一双灰色高跟儿鞋。前一天傍晚，我在橱窗里看到了那双鞋子。我撒了谎，去了城里，买好鞋子后，谎言变成真的了。四天后，我爷爷在吃饭时从椅子上摔死了。电报一早抵达的时候，我把我那双买来才三天的灰色鞋子放到水管下，让它浸泡膨胀。我穿上鞋子，走进办公室，说我必须再请假两天，因为我家厨房进水了。如果我撒恶毒的谎，它就会弄假成真。我坐车参加葬礼。车子沿着几个小车站行驶，我脚上的鞋子渐渐干了，到了第十一站，我才下车。这世界颠倒了，我将我谎言中的葬礼放到了小城里，然后在厨房进水时却站在墓地。土块在棺材盖板上发出清脆的响声，一如那双灰色高跟鞋在棺材后面的人行道上发出清脆的响声一样。

那时候，我还挺会撒谎。谁也没有逮住过我。可是，这种谎言出于不得已的情况，这种不得已要求我必须履行自己的诺言。自此以后，如果不是出于不得已，我宁愿撒谎时被人逮住。阿布是例外，我在他那里很会撒谎。

我漫无目的地去了城里。到工厂里去毫无意义。简直难以相信的是，这种毫无意义在后面的几天里被悄悄地隐藏起来了。当我像昨天一样，坐在咖啡馆的一张街头桌旁，点上自己要的冰淇淋，我马上就想再来一块蛋糕。本来我只想坐一会儿，不用点上任何东西，只是需要一点儿时间不用走路而已。为了舒服起见，我把椅子推到桌子跟前。如果椅子合适，我想一骨碌跳起来，扬长而去，但不是马上又去走路。从老远看，这些街头桌子就是目标，可以提供坐下来的机会，那些桌布在街角随风飘动。只有当我舒舒服服地坐下之后，我才开始有点不耐烦起来。然后，当我的嘴巴和我的面孔不再相称的时候，冰淇淋上来了。桌子是圆的，冰淇淋杯子、冰淇淋也是圆的。然后马蜂来了，它们急切地想填饱自己的肚子，它们的头是圆鼓鼓的。尽管我每花一分钱都要掂三掂，可我还是无法吃掉我花钱买的东西。

这种毫无意义比漫无目的更容易对付，比之在工厂里的撒谎，我现在开始杜撰城里的目标。我尾随在和我同龄的女人后面。我长达数小时之久地待在服装店里，试穿她们喜欢的衣服。就在昨天，我穿了一件条纹连衣裙，故意背对着前面，来回拉扯着，将双手作为领子搁在开领处，让手指遮在上面当饰带。我一开始很喜欢这件连衣裙。有一点我没有考虑到的是，我感觉我要离开自己了。这件连衣裙看起来好像我必须马上和自己告别似的。那时我的嘴里酸酸的，在我还拥有的极短时间里，我一点儿都想不起来该和自己说些什么。我在离开之前不想认输，于是说道：

为什么偏偏这个时候，没有我的脚，你无法走远。

因为这些人彼此在大声地说话，我说话声音很大，脸色都变红了，我不希望自己是那种看上去形容丑陋的人。有人在唱歌。我不希望有人在我旁边摇头，因为我把思考和说话混淆在一起了。被素不相识的人听见，要比没有被看到和被撞倒更丢人现眼。尽管一个女人肯定听见我在说话，但她趁我不在的时候，拉开了我那个试衣间的门帘，不假思索地将她的包放在椅子上，问道：

这里有人吗？

您瞧，您是在和我说话，可不是和空气。

情急之中，我已经不知道尾随在身后的这个女人的下落了。为了让自己不至于变得很难堪，我去试穿衣服。我在其他女人想要购买的衣服中，实在没什么好找的，至少对我是这样。那些衣服在惩罚我，如果我们穿同样的衣服，我要比其他女人更难看。我在工厂里穿着最漂亮的衣服，犹如一只珍珠鸡一样走过包装车间，一直走到门口，然后再回来。如果这些衣服是为西方人缝制的话，那么每次交货前我都会到楼上的莉莉那里去。我依次穿上两三套时装。

现在挺好，莉莉说。

因为这是严格禁止的。穿裙子、裤子和夹克衫不如穿衬衣和衣服那么严格。在五一国际劳动节之前，还有一次在八月法西斯主义奴役解放日之前，我们可以从厂里买下那些衣服来。大多数衣服都是办公室职员购买的。这些衣服更有风度，也不比店里的更贵，遗憾的是，衣服上面全是编织上的瑕疵，而且被缝纫机弄得油渍斑斑。否则的话，它们和我们的皮肤是很般配的。很多人都会买上一大包衣服。我宁愿要这些编织上有瑕疵以及斑斑油渍永远无法清除的衣服，也不要店里那些灰不溜秋的难看衣服。我无法忍受那些编织毛病和斑斑油渍，我也知道我们无法买到的那些衣服有多么漂亮。意大利人、加拿大人、瑞典人、法国人，他们每一个季节都穿得漂漂亮亮，过着简单的日子，裁剪、缝合、上浆、熨烫、包装，因此知道，人们不值得买那些现成的东西。当然很多人想到了这一点：

与其什么也没有，不如有几个粗糙的编织瑕疵和黑色油斑。

因为有编织瑕疵和油斑，也因为我不希望把整天度过的工厂放在家里的柜子里，所以我也不买那些衣服。每逢周日，工人们穿着工厂的劣等品在公园里散步，在咖啡馆里吃着冰淇淋。人们用嫉妒的眼光看着那些衣服，人们会想到，每一个人都知道，他们在哪儿上班，他们从哪儿弄来的衣服。

我和莉莉下班后到那条商业街去，当我不是去散步而是走进商店时，她就在外面等我。我不必急匆匆地逛商店，如果太快回来，反而不合莉莉的心意了。她背对橱窗站着，看着天空、树木、沥青，肯定也看老男人。我不得不拉着她的手臂，好像是我在等她，而不是她在等我。我说：

嗯，来吧。

你那么急吗？她问，我们不是在散步吗？

我们可以慢慢走，只是要离开这里。

你不喜欢那些衣服吗？

那你喜欢这儿什么？

她咂咂舌头：

迈着碎步，稍稍弯着身子，我喜欢这样。

那么。

什么那么？

你看到了多少？我问道。

莉莉对商店不感兴趣，这和工厂无关。莉莉以前就对衣服无动于衷。尽管如此，那些男人依然盯着她看。如果我是他们中的一员，莉莉是不会逃过我的目光的。莉莉穿得越是难看，她的漂亮就越是显眼。她挺走运的，我小时候就是个爱虚荣的人。五岁那年，我发觉新大衣太大时，不禁痛哭流涕。我爷爷说：

你还会长的，你多穿一点，这衣服就合身了。从前，如果还算不错的话，那一个人一辈子也就是两三件大衣，而且这还是在有钱人家里。

我一下子套上大衣，因为我必须套上。而就在面包厂边上第一个角落后面，我脱下了衣服。有两个冬天，我更多地是将大衣放在胳膊上，而不是穿在身上，与其穿着难看，还不如着凉。在下下个冬天下雪的时候，大衣终于合我身了，可我还是把它脱了下来，因为它已经太老旧太难看了。

我若是想去理发，现在就得在这些大学生宿舍之间下车。我最想烫个发，或者那种老秘书的虾肉丸子发型。啊呀，最好剃个光头，当我十点整敲响阿布办公室门的时候，让他认不出我来。失去理智，在吻我手的时候脑子完全糊涂了。阳光将驾驶员的脸颊晒得暖暖的，他旁边的窗玻璃打开着，外面没有风。他从自己的座位上擦去盐粒，他还没碰第二只小面包。他为什么要买三只面包呢，如果吃一只面包就能吃饱的话？将有轨电车随意停在马路上，急匆匆地赶到商店里，重新露面的时候向所有等待的人显示自己肚子很饿，其实他根本就不饿。那个孩子手里拿着手绢睡着了。父亲将头倚靠在玻璃上，尽管他的头发好几天没有洗过，黏糊糊的毫无光泽，但还是闪闪发亮。太阳焕发出光芒。他难道没发觉，窗玻璃要比外面的太阳更热吗？在有轨电车拐弯之前，太阳并没有打搅我。也许它还在另一边玻璃窗那里吧，我不希望自己到达阿布那里时汗流浃背。我不知道自己是否能够调换一下位置，乘客那么少，他们一定会盯着我看的。人们需要一个理由。那个父亲想必可以在任何时候坐到背阴的地方，一个小孩子就是一个理由。孩子一旦哭起来，父亲就可以换位置了，看看孩子是不是因为太阳而哭。车里如果装满了人，那绝对不行。只要有一个空座位就很好了，孩子爱怎么哭就让他怎么哭，谁也不会想到是太阳的缘故，而是会问，是否这个傻瓜父亲没有给这个被惹毛的爱哭爱闹的孩子准备橡皮奶头。

夏天的时候，我最喜欢和面包厂门卫的儿子在林荫大道后面那条被压坏的道路上玩耍，那里尘土飞扬。那男孩天生就是瘸腿的，他慢慢地跟在我后面一瘸一拐地走着。我们坐在坑坑洼洼最深的地方，他弯曲右腿，僵硬地伸展开那条细小的左腿。他坐下来的时候乐呵呵的。他双手敏捷，头发鬈曲，面孔淡黄。我们沉浸在游戏中，将尘土堆积成重叠爬行的蛇。

那些无脚蜥蜴就这样爬到面粉里面，他说，所以面包上才有孔眼。

不是，那些孔眼是因为酵母。

是蛇弄出来的，你问我父亲好了。

等到他父亲带着包从面包厂回家，有这大半天工夫，其他蛇肯定爬到坑坑洼洼的地方去了。可是如果我的连衣裙弄脏了，我就不乐意了，要跑回家去。我就让男孩一个人和那些无脚蜥蜴待着。有两周时间，另外一个门卫坐在面包厂的大门口。然后父亲回来了，没有把男孩带过来。有人给他那条僵硬的大腿做了手术，并给他进行了深度麻醉。他再也没有醒过来。我独自一人到了那条被压坏的马路上。林荫大道上的树木一直在那里一起站立着，我开始怕生起来，仿佛它们承诺说，男孩虽然已经死在家里，但还是到这里来玩耍了。我坐在尘土中，将尘土堆成一条蛇，犹如他那条伸展开的大腿那样很细很长。路旁的草地松松散散的，我的眼泪顺着下巴滴落到蛇上，然后变成了标本。有人从我手中夺走了这个男孩，也许他从天上看得到，我现在还想和他一起玩耍呢。

每当我上午在城里溜达时，有人从我手里夺走了莉莉。我觉得自己被传讯的那些日子很短暂。即便我不知道阿布想从我这里得到什么，但他还是对我有所打算的。我需要我衬衣上的大纽扣和聪明的谎言，别的什么也不需要。我四处闲逛的时候对自己有什么打算，我知道的要比阿布想从我这里得到的更少。

我真傻，既然阿布十点整在等我，我今天早上八点前还看什么燕子呢。我不愿意去想燕子的事。我根本什么都不愿意去想，因为除了被传讯，我什么也不是。我有时会想，燕子不是在飞翔，它们是在行走或者游泳。去年夏天，保罗还拥有一辆红色的摩托车，这是一辆捷克产的“雅娃”牌摩托车。我们每周一两次开车到城外的河边。驱车经过大豆地，那真叫幸运。我们经过的天空越多，我的大脑就越发轻松。道路两旁繁花似锦，车子经过的时候花朵在颤动不已。人们没注意到，每一个花朵都有两只圆耳朵和张开的嘴唇，可我知道这个。那是一片没有尽头的攀缘豆田，就像在玉米地里一样，人们看不到它们有序的排列。就算每一根茎都已经干枯，叶子被风吹折断，但到了夏末，玉米地看起来始终就像刚刚梳理过一样。在玉米地里，即便天空在飞翔，我的脑子也从不会感到轻松。唯有在大豆地里，我才因为高兴而傻傻的，会禁不住慢慢闭上眼睛。而当我重新睁开眼睛，我已经错过了很多东西，燕子早已在另外一个轨迹上飞翔了。

我抓住保罗的肋骨，吹起了那首树叶和雪花之歌，可我只听见摩托车的声音，却听不见自己的声音。我平时从不吹口哨，因为这是小时候就必须学会的东西，可我小时候从没有吹过口哨。我根本不会吹口哨。而且自从我的第一任丈夫在大桥上吹过口哨之后，每当有人吹口哨，我总是会缩起脖子。可就在大豆地里，我竟然自个儿地吹起口哨来了。因此，这真是幸运啊，因为凡是我能做的，就像在大豆地里吹口哨一样，仅仅是成功了一半而已。在攀缘豆地里，我的好运真是让人摸不着头脑。我在河边从没有交过好运，河水平静无波，即使让我想起大桥，也会让我镇定下来。镇定带来好运是不可能的。我们来到河边，我感到很尴尬，保罗感到很烦躁。他对期待看到大河感到高兴，我则是对回头经过大豆地感到高兴。他踝骨没入水中，指给我看一只黑色蜻蜓。蜻蜓的翅膀之间长着肚子，宛若一只玻璃制成的螺栓。我指着身旁河岸上的黑莓，这些成团的黑莓发出黑色的光芒。而在河的另一边，黑色椋鸟蹲伏在庄稼收割后布满茬儿的一捆捆灰白色四角形秸秆上。这个景象我没有指给保罗看，因为我想起燕子在空中留下的黑影，不明白这些黑点在这个把田野晒成黄色的夏日是怎么分布的。我迷惘地哈哈大笑，从草地中捡起一块树皮扔到保罗的脚趾边。然后我说：你听着，看来这些燕子根本不可能很快飞走，它们在耍诡计呢。

保罗用脚尖捞起树皮，随即踢入水中。他的脚一离开水里，树皮马上又浮出水面，发出黑色的光芒。他说：

啊哈。

我极其短促地抬起两只眼睛，足以看到那里面的黑色斑点了。我还要问什么呢，如果在他看来连燕子都不值一谈，那么还有哪种黑色水果是他看得上眼的呢？他完全想到别的地方去了，而不是在他的脚趾上。白蜡树起风了，我倾听树叶的声音，保罗或许在倾听水声吧。他不希望我们之间说话。

第二天，我在厂里用“啊哈”对内罗作了试验，那时候他在拇指和咖啡杯之间夹着一张清单走到我的桌前。他谈到这个月我们为法国人缝制的女外套纽扣尺寸问题。他的胡子尖儿像燕子的翅膀，在嘴角一动一动的。他对着我的脸说了几句话。当他为了一周计划而来时，我数了数他下巴上忘记刮掉的胡子。我抬起眼神，盼望着他的眼神。当我们的瞳孔相遇时，我迅即说道：

啊哈。

内罗一言不发地走到自己的桌子跟前。我也试过其他的词语，比如：哟，嗯。可是“啊哈”是无法超越的。

当我的那些纸条被人逮住之后，他否认是他告发了我。每一个人都可以否认。给意大利订做的白色亚麻布西装被打包装箱的时候，我和我的第一任丈夫已经分手。我和内罗出差十天后，他想继续和我睡觉。可我当时已经打算嫁给西方人了，因此我分别在十个后裤兜里塞上了一张小纸条：Ti aspetto[1]，并写上了我的名字和我的地址。随便哪一个意大利

1 意大利语，我等你。

人和我联系，我都认了。

在那次不允许我参加的会议上，我的纸条被定性为在工作场所卖淫。莉莉告诉我，内罗要求定性为叛国投敌，可他的说法无法令人信服。由于我不是共产党员，而且这也是我的初犯，于是人们给了我一个悔过自新的机会。我没有被解雇，这对内罗来说是一次失败。主管思想政治工作的人将两份书面警告带到了我的办公室里。我必须在原件上签字画押，复印件留在了我的办公桌上。

装在镜框里，我说。

这对内罗而言可不是好的玩笑。他坐在自己的椅子上削铅笔。

你想和意大利人做什么，他们过来操你，送你一些紧身连裤袜和除臭剂，然后回到他们有喷水池的家里。如果舔他，他还额外送你香水。

我看着那些波浪形木屑和黑粉从他的铅笔头上掉下来，然后站了起来。我将那份警告举过他的头顶扔了出去。那张纸在空中飞过，从他的下巴下面掉到桌上时，没有发出声响。内罗将头转向我，企图微笑，可露出了苍白的脸色。然后，他肘关节不小心碰到了刚削尖的铅笔。铅笔从桌子上滚下来，我们看着它，听见它着地时发出响声。内罗弯下身子，我看不到他颧骨磨动的样子。铅笔尖断了。他说：

它掉在地上，不是掉在天花板上。

我也感到很惊讶，我说，在像你这种人那里，一切皆有可能。

我被审讯了三天之后，又回到了厂里。内罗没有问起任何问题。他要比我想象的更有能耐。人们后来在为瑞典订购的裤子里发现了三张纸条，上面写着：来自独裁国家的衷心问候。这些纸条和我的纸条如出一辙，却不是我写的纸条。我被解雇了。

即便弥漫大雪封锁大地，我们照常开着“雅娃”牌摩托车去上班。保罗开摩托车有十一个年头了，尽管他喝酒，但从没有出过一次事故。他就像熟悉自己的手的内部结构一样熟悉大街小巷，保罗闭着眼睛都能找到我们工厂。我把自己裹得暖暖的，路灯和窗口灯光在闪烁着，严寒刺骨，冻得脸生疼，嘴唇像冻硬了的面包皮，脸颊冷冰冰的像瓷器。天空和道路被大雪遮没了，我们开进了一只雪球中。我倚靠在保罗的背上，下巴紧贴在他的肩膀上，雪球可以钻入我的两只眼睛里。我目瞪口呆地睁大眼球，街道是最长的，树木是最高的，天空是最近的。我真希望没有尽头地开下去，不敢眯着眼睛。耳朵、手指和脚趾针扎般地发痛。寒冷战胜了一切，只有眼睛和嘴巴感觉是冷的。好运没有时间，我们必须在冻死之前抵达，每天早上六点半准时赶到服装厂大门口。保罗让我下车。我用一只红中带紫的手指将保罗的帽子推高，像吻一只瓷器狗一样吻他的额头，然后将帽子重新拉回到眉毛上面，然后继续骑车到市郊的摩托车厂去。他的眉毛上面有一层白霜，我想道：

现在我们老了。

发生纸条事件之后，我彻彻底底忘记了意大利的计划。人们无法通过出口服装得到马塞洛[1]，人们需要关系、信使和经纪人，不是后裤兜。我有了那个少校，而不是一个意大利人。我的愚笨从内心深处向我吼叫，我的自责就像耳光一样，我的脑子里塞满了稻草。我讨厌自己，只有这样我才能每天继续和内罗一起坐在办公室里，盯着那些表格，并把它们填写完整，直至第二批便条出现。我仍然对自

1 Marcello，意大利人名。

己好，只有这样我才会喜欢乘坐有轨电车，我把头发剪短，购置新衣服。我也感到很抱歉，只有这样我才能分秒不差地准时出现在阿布面前。而且我也无所谓，我觉得，好像为了惩罚我的愚笨，我理应接受审讯似的。但不是出于阿布提出的理由。

由于你的行为，我国的所有女人在国外都成了妓女。

为什么都成了妓女呢，那些纸条又没传到意大利那里去。

那要感谢你同事的帮助，他说。

为什么是妓女呢，我只想要一个意大利人，而且我是想要嫁给他，妓女需要钱，不是去嫁人。

婚姻的基础是爱情，只有爱情，你完全知道那是什么。你就像垃圾一样，想把自己卖给那些马塞洛。

怎么会是垃圾呢，我完全可以爱上他呀。

丑闻发生之后，我又去站街了。夏日，阳光明媚，车水马龙，人声鼎沸。稻草在我的心里发出沙沙作响声。或许我并没有爱上这个意大利人，但是他可以把我带到意大利去呀。我可以努力去爱上他。如果不能，那么我可以在路上遇到另一个人，意大利人在那里多的是。只要你去寻找，你总能找到一个人，然后可以爱上他。可内罗点名叫我去了，他可以随心所欲地点名我。工作的时候，内罗盯着我的手指看。我劝自己放弃所有的男人。恰恰之后不久，当我坚持拒绝的时候，我在保罗那里耽搁住了。我想，这种拒绝在我这里类似于一种要求，它不仅仅是寻找。一定是这么回事，于是我紧紧抓住。不是每一个人，但也可以是另外一个人而不是保罗，可以向我证明，防守是如何变成渴望的。尽管厌倦，但我没有停下脚步，不得不四处闲逛，因为在某一个星期日，我认识了保罗，并且在星期一在他那里停下了。而到了星期二，我带着全部家当搬到了他那幢滑落的塔楼房里。

我对每天上午到办公室去感到越来越痛苦。保罗两只手握住他的“雅娃”牌摩托车站在厂门口，出于习惯微笑地等待我吻他的额头，然后说道：

你必须做得像内罗不在那里一样。

不错，这话从他嘴里脱口而出。可是八个小时这么做，就像两根胡子尖儿悬空在写字台后面，这怎么可能呢。

内罗内心太脏了，我说，人家看不出来。

摩托车发出隆隆响声，弄得轮子周围雪花飘舞，或者尘土飞扬。我真想用眼睛把保罗从半条街远的地方拉回到厂门口，每天上午还想和他说几句话，可以一整天把它们带到机器旁。但我们总是说同样的话。

他说：你必须做得像内罗不在那里一样。

我说：我想你。如果有人偷你的衣服，你别激动。

他一溜烟地离开了，如果大风在街道拐角处将他的夹克衫吹得鼓起来，他就弓着背。每天上午，我违心地走进工厂。一看到内罗，我的理智就快要崩溃了。每天上午我们互相不打招呼。可是，一两个小时之后，内罗觉得既然八小时坐在一起，就得说上几句话。我倒觉得没这个必要，只是他无法忍受这种沉默，他谈到有个计划，我说：

啊哈。

嗯，哟，啊哈。

如果一切无济于事的话，我会变得越来越健谈。我举起他桌上的那只小花瓶，看到红绿色玫瑰花茎没入了厚厚的瓶底的水中，说道：

妈呀，你想从这个计划中得到什么呀，人们根本无法实现这个计划。如果有朝一日这个计划实现了，那么第二天第二个更高的计划又会提出来。你的计划是一种国家疾病。

内罗扯自己的胡子，擦拭着手指之间一根已经拔出的胡子。胡子都已经成波浪形了。他说：

你喜欢这个吗?

如果你每天拔出一根胡子，你的脸马上就像一根黄瓜了，我说。

别激动，看你的外表，以为你在想阴毛呢。

但不是想你的阴毛，我说。

你知道，为什么意大利人总是随身带上一把小梳子吗？是因为当他们得尿尿的时候，在阴毛里找不到自己的鸡巴。

你不是随身也带着一把吗，不过一切都是徒劳。你本来就没有意大利人的东西。

这个东西我看到过，和你不同，我去过意大利。

啊哈。你也在那儿从事过间谍活动吗？我问。

是的，我想到了阴毛，当他谈到那项计划时，他迫使我想到了他的阴毛。内罗把那根胡子放在我的写字台上，放在桌子中央，那儿的木头上有一块凹痕，那不是我弄出来的。他可能量过桌子的长度，寻找到达桌沿最长的距离有多少。我不想触摸他那波浪形胡子，手里又没有那把直尺，可以从桌上迅速移走它。于是，我又做起了他最想看到的一幕，我把这根胡子吹掉。他不禁要哈哈大笑了，因为我撅起了嘴。我吹了三四次，胡子才从桌上掉下去。他把我变成了淫荡女人。

有一次，清洁女工下班后走进办公室，用她的抹布擦掉血迹而不是灰尘，我跟莉莉说，时间不会很久了，等到我再也忍耐不下去，我就会打死这个人类的渣滓。

莉莉摆动手臂，扔出手来，说道：

你敢。我把他的刀放在桌上，说道，放在他的脖子上那有多带劲呀，不会疼的。于是我出去一会儿，就像在大桥上，他就不会感到拘束了。他会叫你愤怒，你也要激发他的愤怒，你真的在等待着。如果一个人控制自己，他就不会忘乎所以。他可以学会这一点。

莉莉那副黑刺李子的目光钻入我的眼睛，并且保持不变。再下面是她那滑溜的脖子。我了解自己，了解在大桥上的我丈夫，如果对一个人太依依不舍，你可能马上动怒，你可能马上将那个人置于死地。对内罗也是同样的情况。

当莉莉摆动手臂对我表示嗤之以鼻时，她的脸颊开始绯红。她的鼻子在颤动，显得冷漠而明晃晃的。当我讨厌莉莉整个人，看到她站在我面前时，我禁不住想道：

这只鼻子犹如烟草花一样漂亮。

对莉莉来说，我成了挑唆者，我让她害怕了，她拿那起大桥事件逼迫我。我真的永远不想知道，莉莉恨起来和她的母亲很相似。在葬礼上，人们听到泥土在棺材上发出响声。莉莉被埋在地里了，她母亲训斥我，她和莉莉的嘴很容易搞混。

不错，人们控制自己，莉莉想，人们可以学会这一点。在我遇到麻烦的时候，她比我更能够看清错综复杂的关系。而我本以为在她的乱七八糟中可以看得更清楚。有短暂的一段时间，我和她，我们完全可以偶尔互换位置。可她和她母亲互换了位置。人不能发起怒来没有限度，她想。控制自己，在逃难中子弹只是击中了可怕的皮肤。她想学会这一点。当时，当莉莉命令我在内罗面前克制自己的时候，她恰好开始和一个六十六岁的军官睡觉。几周后，他们想起逃亡到匈牙利边境去。他被捕了，她被枪杀了，这个愚蠢十足的莉莉。

有一次，莉莉把我带到军官食堂的避暑花园里，把我介绍给那位军官。他穿着便服，上身穿一件细条纹短袖衬衫，下身穿一条灰色夏季裤子，没有肋骨，没有臀部。他用低沉的声音说：很荣幸见到您，我的小姐。

他亲吻我的手。这种完全训练有素的亲吻盛行在古老的宫廷时代。他的嘴干燥而柔软，吻在我的手心里。桌子周围坐着身穿制服的年轻男子。莉莉在这里当然注意到了，这些身穿制服的人对美女们有着强烈的渴望，他们向莉莉投去火柴头。他们感觉到，这个老人已经对她施过暴而不是对我。

其时，已经好长时间没有爆发战争了，军事培训在懒懒散散中大打折扣。这种懒懒散散不得不被那种精巧手工耽搁住了，这种精巧手工可以让每个人色胆包天：征服美女。漂亮度可以从人的脸蛋、屁股的波浪、彼此的小腿肚、乳房看出来。乳房叫苹果、生梨或者落地水果，将视乳头的情况而定。有人对士兵们说，征服女人取代了军事演习。有关的一切必须在脖子和大腿之间确定。大腿要分开，如果事情开始了，要闭上双眼，不必看脸蛋。大腿和脸蛋不是一切，但乳房至关重要。苹果是值得可喜可贺的，生梨也还凑合。落地水果是士兵们不予考虑的了。征服嘛，有人说，那是给身体的铰链和内心的平衡加了润滑油。这也可以改善婚姻的和谐。那位老军官向莉莉讲述如何在平和中战胜懒散的方法。在他的妻子去世之前，莉莉说，他也经常进行军事演习。她五十岁，他比她大六岁。人们再也用不着向其他人隐瞒，他心满意足的工作带给自己甜蜜的疲惫，来自陌生女人的床，而不是来自营房。她去世以后，他每天到墓地去，走到女人后面真是太无聊了。

我认识的所有女人，突然间发出叽叽啾啾的声音，并且有了酸葡萄的口味，他说，尤其是那些妙龄女人。人生就在营房和军官食堂之间的沥青地上，在高跟鞋的小腿肚上小步奔跑。她们在床单上，赤着脚，假惺惺地，叹息几声。每分每秒都快乐得死去活来，他担心她们会在他眼皮底下死去。

总的说来，在这个避暑花园里，甚至面对生梨和落地水果，穿制服的每一个人也都是生手。可莉莉有着小巧而坚硬的夏季苹果。对他们中的每一个人，莉莉或许只用一句话就可以把他们打发了。他们预料到了这一点，因此团里所有的人一起训练如何征服莉莉。他们认为莉莉那位军官不必再给他的铰链加润滑油了，已经过了精巧手工的时间，是他到了该换班的时候了。他们逼迫他离开莉莉的漂亮肉体。在他们扔出火柴头的手指上，结婚戒指在太阳下熠熠发光；他们的眼睛透过自己的手指看出去，那种目光就像湿漉漉的子弹在闪耀。老人将烟灰缸放在他的手旁边，说道：

他们病了，我们不是应该到别的地方去吗。

他将桌上的火柴头收集起来扔进烟灰缸里。他的双手像药剂师的手一样白皙。他和莉莉都没有激动，他们伪装成烦躁的样子，他们有耐心。我什么都不明白，唯有你知道自己早就不再需要耐心的时候，你才会拥有那么多的耐心。可他的脸依然光鲜，他的太阳穴像一张有污渍的纸一样，在遮阳伞的阴影下跳动。至于莉莉如何看待他，然后又什么东西都没有拿回来，这个我就不清楚了。她的目光和他的目光，正如黑刺李子掉进静水中，就是这样。他握住莉莉的手时，肚子前倾坐着。我原以为，因为还有两根火柴飞到了桌上，他此刻一定会大动肝火了。他用那只空着的手将火柴收集起来，而另一只手依然坚定地握住莉莉的手，以至于他突然开始为莉莉轻轻哼唱起来：

一匹马来到劳改营的院子里
它的脑海里有一扇窗户
你看到一座淡青色的瞭望塔矗立着……

他自个儿地唱起来，如此旁若无人，又根本不是那种客串一下的架势，真是让我受够了。他知道这首歌曲，让我的心很受伤。我爷爷也唱过这首歌，但那是他在劳改营里学来的。我和莉莉都还太年轻，他可以相信这一点。噢耶，如果我跟着他一起唱，那他的舌头将如何停留呢。可只是因为我坐在莉莉和他中间，一起听他唱歌，所以在桌旁感觉这首歌不中听。我看到遮阳伞的伞骨旁边有些地方磨破了。我们坐在一只轮下，而我搅和了一桩秘密。莉莉不是那名军官的玩物，他爱她。当他中断歌声时，我让莉莉和他坐在军官食堂里，自己则昏昏沉沉地在城里穿行。当时，他们脑子里肯定有过逃跑的念头。他有两个成年儿子在加拿大，他想和莉莉一起到那儿去。

太阳很刺眼，菩提树上绿叶和黄叶随风摇曳，只有黄叶掉落在地上。不管我愿不愿意，绿叶暗指莉莉，黄叶暗指他。

对莉莉来说这个男人是太老了。

我和行人相撞，看到他们时已太晚。那天下午，我孑然一身，一直到第二天上午到了厂里才算结束，莉莉叫我到她那里去，和我谈一谈军官的事。

自从发生纸条事件之后，我再也不允许到楼上的包装车间去了。我爬上楼梯的时候，莉莉在过道里等着。我们到后面的一个角落里，她坐在脚后跟上面，我肩靠在墙上，说：

尽管他的脸很年轻，但他的肚子上挂着球状的夕阳。

听到这话，莉莉把头抬得高高的，将指尖放在地上，睁大眼睛。我伤害到她了。她脖子上面的青筋都露出来了，她的嘴巴已经为叫喊做好了准备。可这时，莉莉将我的手拉了下来，直至我同样跪在她面前，抓住她的臀部。因为正好有一名男子一只手里拿着衣架，从我们身旁走过，装出没看到我们的样子，莉莉低声说：

如果他躺下来，那么夕阳就像一只枕头一样平坦。

我看到莉莉的脚了。如果第二只脚趾比大脚趾长，那么它就叫寡妇脚趾。莉莉长的就是这种脚趾。她说：

他叫我樱桃。

这和她的蓝色眼睛不相称。当那名拿着衣架的男子离我们越来越远，并随手关上包装车间大门时，莉莉说：

风可以刮走树枝上的樱桃，这不是很好吗，你有一双黑眼睛，而我叫樱桃。

阳光落到过道里，天花板上的霓虹灯还在亮着。我们就这么坐着，像两个疲惫的孩子。

他在劳改营里待过吗？我问。

莉莉不知道。

你问问他。

莉莉点点头。

奇怪的是，厂区里面没有一丝声响，此刻过道里也是鸦雀无声，连霓虹灯发出噼噼啪啪的响声都能听得见。

今天我想到，那名老军官一定要寻找莉莉了，因为在认识她之前，他和她的死亡协议已经达成。他第一次看到莉莉的时候，他像一只秒表一样停了：现在我有意中人了。作为退休老人，他总是被吸引到军官食堂的那些制服那里。他的制服被脱下了，他被脱了个精光。他在渴望中成了士兵。他想和莉莉一起到那儿去，那个像从前一样人们看到他穿着制服的地方，尽管他穿的是细条纹夏季衬衫。在士兵花园里展示他的征服，如果他和莉莉独自待在一起，他把迟来的对爱的渴望做到了极致，莉莉的漂亮都难以与之匹敌。像他这样的一个人，对边境线上的士兵、狗儿和子弹知道得一清二楚。他的担心，也就是死亡如同他一样在追求莉莉，竟敢成了信仰：莉莉在吓唬死亡，也在为他吓唬死亡。他看得太多，于是成了盲人，他拿莉莉孤注一掷，她对他的重要性超出了理性的想象。

每一个上了年纪的人，都会回想起自己过去的时光。枪杀莉莉的那个野小子，如果回想一下的话，那么他和那位老人相似。边防哨兵是一个年轻的农民或者工人。或者几个月之后他将成为一名大学生，以后将是教师、医生、牧师、工程师。成为他成为的那个人。他开枪时是一个在天空下痛苦地巡逻的人，大风日日夜夜地吹奏着孤独之歌。莉莉的肉体使他在地上颤抖不止，她的尸体是老天送给他的一份礼物，他为此得到十天的假期。或许和我的第一任丈夫一样，他写了不快乐的信。或许像我一样的一个女人在等待，尽管她无法和死者较量，但可以抓住爱情发笑和抚摸，直至他感觉自己像一个人一样。他在一瞬间或许是以幸福的名义开枪射击的，然后砰的一声枪响了。犬吠声从远处传来，然后是叫喊声。莉莉那位军官被捆住了手脚，被带到了铁屋中，由那位开枪的渴望幸福的人看守着。莉莉躺在地上。那间铁屋没有前墙壁。地上有一个蓄水池，墙边有一张长凳，角落里有一副担架。那名看守喝了很多水，给自己洗脸，将衬衫从裤子下面抽出擦干净，然后坐下来。那个被捆绑的人不允许坐下来，但他可以望得到莉莉躺着的那块草地。五条狗跑了过来，青草没到了它们的脖子那里，它们的大腿在草地上面飞奔。在它们后面更远的地方，穷追不舍的士兵奔了过来。等他们到了莉莉那里，不仅是她的衣服被撕成了破布，那几条狗儿还掏空了她的身体。在它们的狗嘴下面，莉莉像一畦虞美人，鲜红地躺在那里。士兵们把那些狗赶走，站成一圈。然后，有两个人到了铁屋里，喝了水，将担架带走了。

这是莉莉的继父告诉我的。就像一畦虞美人，他说，我此刻想到了樱桃。

孩子在太阳下睡着了。父亲拿走了他的手绢，他的手指松开了，尽管父亲将他的手臂朝后面弯曲，将手绢塞进他的夹克衫里，他依然在睡觉。尽管父亲将大腿分开很大，给孩子转了个身让他和自己面对面，还站起来让孩子张开的嘴巴靠在他的肩膀上。有轨电车马上就要到达邮政局前面的车站了。他抱着孩子到门口。有轨电车停下了，没有了呼啸声，车子里显得更空荡荡的了。驾驶员抓住第二只小面包，然后迟疑了一下，从瓶子里拿出水喝。为什么他要在吃东西之前喝水呢。邮局门口有一只很大的蓝色信箱，里面能放多少封信呢。如果我往信箱里面装满信，那里就永远不会空置了。自从意大利便条事件发生后，我没有再给任何一个人写过信。只是有时候人们谈论什么，可以说，但不能写下来。驾驶员在吃第二只小面包，吃完面包屑后他一定会口干舌燥了。车外面，那名父亲抱着那个睡着的孩子在没有斑马线的马路上走着。如果过来一辆小汽车，他走过去就太慢了。谁能抱着一个仍在睡觉的孩子奔跑呢？或许在横穿马路之前，他必须弄明白不会有车辆开过来。但他必须向右越过孩子的脑袋看过去，他可能搞错了。如果出什么倒霉的事，那他是负有责任的。他难道在小孩睡之前没有和他说过吗：妈妈没戴太阳眼镜，否则就看不到你的眼睛有多蓝了。他去邮局了。他抱着孩子就像抱着一只小包裹一样，如果他不醒，他就要把他寄走了。一个老太透过敞开的车门口问道：这个车到集市广场吗？你看看，那上面写着呢，驾驶员说。我没戴眼镜，她说。笔直朝前走，他说，如果集市广场在那儿，我们就到那儿去。老太上了车，驾驶员开车出发了。一名年轻男子奔跑着跳上了车。他的呼吸声多大呀，把我的空气夺走了。

我在咖啡馆前面的桌旁看到了莉莉的继父。他不希望认出我来，但趁他还没能把头转过去，我给他打了声招呼。那天上午，天阴沉沉的要下雨的样子，沿街的桌子旁没有什么客人，我坐在他旁边。既然坐在沿街的桌旁，大家就可以互相闲扯了。他点了杯咖啡，沉默无语。我也点了杯咖啡，同样沉默无语。这一次，我手里拿着一把雨伞，他头上戴着一顶草帽。他看上去和莉莉葬礼时不一样。因为他将桌布上已经干瘪的金合欢树叶扔进烟灰缸，这和莉莉那位军官很相似。但他双手粗笨。等到我们的咖啡放在桌子上，女服务员离开时，他用拇指抓住把儿转动杯子，杯子随即发出刺耳的声音。糖粒黏附在他的拇指上，他用食指把糖粒擦干净，举起杯子出声地喝了起来。

薄得就像女人的袜子，他说。

他希望我想到他的厨房爱情。我说：也有厚的。

于是，他放声大笑起来，抬起眼睛，仿佛他已经开始接受我了：

莉莉肯定告诉过您，我也是一名军官，这是很久以前的事了。我在监狱里看望过莉莉那位军官，这事我做成了。我不认识他，只是以前听说过他的名字。您认识他吗？

见过，我说。

他要比莉莉幸运得多，他说，或者也不是这样，看怎么看了。他的情况不妙。

说完他用食指将一片有皱褶的金合欢叶子弄平

整，叶子中间那里断裂了，他将叶子扔在地上，喉咙里呛了一下，他咳嗽了一声，清了清嗓子，注视着那只烟灰缸，说道：

秋天要来了。

这个话题我可以和任何人谈论，我想道，然后说：

快了。

您在葬礼那天问过我，莉莉看起来什么样子。您肯定您想了解这事吗？

我握住杯子，让他看不到我的手在颤抖。越来越多的咖啡滴落到桌布上，他将草帽推到额头上，不动声色地说：

那名军官支付了一大笔钱。在匈牙利的一侧，有一个人骑着带侧车的摩托车等着。他也在等他的钱，不过是在一周前。然后，他冲进警察局，为此还赚得了一只漂亮的小包。您瞧，莉莉的继父说，在公园后面那儿，天又开始亮了。

莉莉爱过一个宾馆门卫、一个医生、一个皮货销售商、一个摄影师。对我来说，这些人全是老人，至少比她大二十岁。她不对任何人说他老之类的话，她说：

他已经不再年轻。

老军官之前的所有男人并不是我和莉莉关注的目标，他们对我是无所谓的。只是因为他的缘故，我才受到冷落，正如那时在军官食堂外面的院子里一样，我第一次形单影只，并且一直持续了好长时间。一个拖着脚走路、吃光了自己人生的人，将莉莉拉到了自己的盘子里。悲伤的妒忌在我脑子里生长，但颠倒了过来。我不是妒忌这个老人，而是妒忌在他身边的莉莉。尽管我一点儿也不喜欢这个老人。他很有个性，这也正是很遗憾为什么别人不喜欢他的原因。甚至这也是很遗憾为什么他不喜欢别人的原因。这事发生在老军官身上，它的发生既不是我希望的，也不是我容许的，这一点令我感到很可惜。他是一个不激起人任何愿望、也不会给人安宁的人。因此，我不得不谈起了那个球状的夕阳，夕阳瞄准的是莉莉，不是他。所以我今天也牵涉到他和她达成的死亡协议中了。

莉莉喜欢老年男子，首当其冲的是她的继父。她是个纠缠不休的人，她想和他睡觉，于是说出了自己的想法。他让她等着，她没有顺从。一天，莉莉的母亲去理发，莉莉问他还想磨蹭多久。他打发她去买面包。店里没有排长队，她手里拿着面包，转眼就回来了。

我现在还要去哪儿，你才能控制住自己呢，她问。

可他反问道，她是否确定能保守一个沉甸甸的秘密?

孩子的心里也不是空荡荡的，莉莉对我说，我很恼火。我把面包放在厨房桌上，迅速将连衣裙从脑袋中抽出，就像从口袋里抽出一条手绢一样。一切就此开始了。两年时间，除星期日之外几乎天天如此，总是急匆匆的，只在厨房里，我们没有碰过床铺。他打发我的母亲去商店，有时排着长队，有时排着短队，她从没有逮住过我们。

除了我，厂里只有三个人敢参加莉莉的葬礼。说两个人过来也行，是包装车间的姑娘。所有其他人都不想和逃跑的结局有任何瓜葛。第三个人是内罗，他是受托过来的。两个姑娘中有一个指给我看莉莉的继父。他手里拿着一把黑色雨伞。那一天看不出天要下雨，碧空如洗，墓地鲜花随风飘出芳香味，不像雨前那么刺鼻。苍蝇们飞到鲜花丛中，不像雷雨前那么纠缠不休地在一个人脑袋四周飞来飞去。在这样的天气中带把雨伞，究竟使一个人变得高贵还是伪善，我无法做出决定。有一点可以肯定的是，他让自己变得陌生了。他和一个游手好闲的人很相像，也很像一个善走歪门邪道的骗子，每天的散步可以在同一时间将他带到墓地，但他不是过来看鲜花的。

内罗带来了一束野豌豆花，那是一束弄乱了的白花。他手中的花茎上有雪，和那把黑色雨伞一样显得不伦不类。我走到莉莉的继父跟前，向他作了自我介绍。他感觉到我是谁了。

您很熟悉莉莉吧?

我点点头。或许他在我额前的空气中看出，我想到了他的厨房爱情。他感觉和我之间要比我感觉和他之间更近，他俯身准备拥抱我。我木然站立，他只好重新站直身子。他的雨伞在后退时晃动，这时他伸手向前打招呼，他的胳膊弯曲着。他的手硬邦邦的。我问：

莉莉看起来什么样子?

他忘记了雨伞，雨伞随即滑落到他的手关节处。到最后一刻，他用拇指抓住了它。

那具木棺材下面是一具锌制棺材，他说，它已经被焊接好了。

他只是抬起下巴，眼皮一动不动地低语道：

您瞧那儿，右边过来第四个，是莉莉的母亲，您过去好了。

我走到黑衣女子那里。他把她称作莉莉的母亲，而不是称作我的妻子，这一点和厨房爱情相称。她和莉莉一起共享了他三年。她马上依次伸出她的黄色脸颊，我的嘴巴在她脸部很外缘的地方亲吻，几乎吻到她那件黑色头巾上了。她也发觉我是谁了，说道：

真的吗，您也知道了。一名军官，她就没有理智了。

我想到了厨房。那么她想到了什么。趁哀悼者绕地一圈的时候，内罗将他的白色野豌豆花扔进了棺材和随后的一团泥土中。在他碰到那具棺材之前，我真想至少将那团泥土砸到他的身上，至少是那团泥土。他朝我点点头。我不知道，莉莉的母亲后来感觉到了什么。

莉莉应该听到您的话了。您最好现在走吧。

她的恨没有了。他打发我到她那里去，我就去了。她把责任推到我身上，打发我走，我就走了。

这两个人怎么会这样呢，我为什么不能说：

您听着，我想待多久就多久。

地上可以看到很多莉莉乡下亲戚穿着丝绒鞋，鞋子上绣上了叶子图案，白色袜子在脚趾和脚后跟的地方被泥土弄得很脏。在他们后面是内罗，他嗫嚅道：

嘘，您有火吗？

他握着的手里有一支烟，过滤嘴从拇指旁露出来。

不能在这里抽烟，我说。

为什么？他问。

我觉得你很容易激动。

你不激动吗？

不。

别说了，碰到这些事情每个人都会放声大哭。

哪些事情？我问。

哦，面对死亡。

你不是负责意大利的吗，可莉莉只想到加拿大去。

你疯了吗？

你说，你脑子里可以容忍一切，甚至一抔新

土吗?

我们俩就这样唇枪舌战，声音越来越大。然后，一根拐杖碰到了我的踝骨，那个穿着丝绒鞋的老人说:

该死的，竟有此事，如果你们想吵架，那不是在这里。

我的心在脑海里跳动。我做了一次深呼吸，改变自己的语调说话，好像我自己很平静:

我们感到很抱歉。

我让内罗在老地方待着，自己却离开了。莉莉那一排有一个墓地，上面的泥土还没有凝固。一个崭新的木十字架，后面是一个黏糊糊的盘子，我无法相信，自己竟然为了内罗还说什么抱歉的话。

为了制服恶魔，人们在死者去天堂的路上给他们送上吃的。在第一个夜里，灵魂从背后途经地狱悄悄地来到天堂。莉莉的母亲也给了莉莉一只盘子。在一堆长方形泥土中，墓地猫在夜里找东西吃。在石子铺设的主道上发出的回声要比墓地旁铲子的挖掘声更大。我用手捂住耳朵，步行一段路来到门口。我不想明白莉莉对老男人的爱情，这是因为……

墓地门口停着一辆巴士车。我的爸爸在把着方向盘，他手遮住脸睡觉。只是我的爸爸已经去世多年。自此以后，我无数次地碰到他把着方向盘，巴士车或行驶着，或停泊着。他死了，是为了不受干扰地开车，是为了在大街小巷里逃脱我和母亲的手掌，而不用躲避我们了。他在我们的眼皮底下昏倒死去的。我们摇动他，他的手臂晃动着，可马上就僵硬了。他的脸颊和骨头粘在一起了，他的额头像是用冷塑料薄膜做的，这种寒冷是人类不可能有的，也是人们无法忘记的。我不断地抚摸他的额头，翻开他那双神志糊涂的眼睛，让光线进入他的眼睛里，迫使他活下来。任何一个动作都有伤风化。我还拉扯着他，妈妈已经放弃了他，仿佛她从来没有拥有过他一样。他的跌倒向我们展示人们如何将救命弃之一旁，毫不顾忌地冷若冰霜。我和妈妈马上被撇下了。然后，大夫来了。他将爸爸放在长沙发上，问道：

老先生在哪儿？

我爷爷在他乡下弟弟那里，我说，那里没有电话，邮差也只是一星期来一次。我爷爷要到后天才过来。

大夫在一张表格上写下了“脑溢血”的字样，

盖章签字后走了。他在门口说道：

谁能理解，您丈夫身体很好，可他的脑子就像一盏白炽灯一样熄灭了。

大夫要了一杯水，却没有喝，放在桌子上，水在冒气泡。爸爸跌倒的时候拉住了椅子，扶手倒在了地上，椅套被垂直地套在椅面上，那是一种红中带灰的锯齿形图案。妈妈将那杯水端进厨房，踮起脚尖走路，越过肩头朝长沙发看去，仿佛她的丈夫在睡午觉似的。她没有泼出一滴水来。杯子放下时，厨房里发出一声短促的噪音。然后她回到了房间，坐在刚才放着杯子的那张桌旁。这时候，在这个房间里，两个人不怎么灵活，一个人已经死去。这三个人自欺欺人了好长时间，他们用“我们”谈论自己，他们对一只水杯、一把椅子或者庭院里的一棵树说“我们的”。

自此以后，我在大街上遇到过爸爸，感觉就像当时在长沙发上那样陌生。不管在哪儿，我都能认出他来，即便在墓地前也是。“运输”这个词在国内所有的巴士车上都能看得到。在所有的巴士车上，台阶是弯曲的，挡泥板是锈迹斑斑的，车顶上布满了细如粉末的灰尘，这些汽车连续行驶半年，甚至更长时间。当我注视那些行人的时候，玻璃窗后面那些空荡荡的座椅扶手马上成了行人。那些雀斑也同样紧贴在这辆巴士车的挡风玻璃上，正如爸爸对那些炸裂的晒成红色和黄色的昆虫所说的那样。那些女人穿着白色袜子和刺绣鞋子，那些男人板着面孔、手持拐杖，他们都是莉莉的亲戚。她的父亲来自丘陵地区的一个山谷，一个人烟稀少的村子，这时候那里的李子树湛蓝湛蓝的，枝丫低垂着。司机必须等到莉莉被埋到地里。倘若墓地猫们关心莉莉的灵魂，他必须深更半夜带着他那些满脸倦容的农民开车到李子树那里去。

当我上了女中，且住在那座小城我父母家里时，我喜欢晚上和爸爸一起在空荡荡的巴士车里开最后一圈到停车库去。在半明半暗的大街上我们不用说什么话，巴士车发出咯吱咯吱的声音。座椅、车门、把手、台阶，一切都松动了，但巴士车还是没有摔碎。在多次出车之后，爸爸每天晚上拧紧最至关紧要的螺丝，再修理马达，继续为第二天出车做准备。到了最后一圈，他在拐角的地方鸣响喇叭的嘟嘟声，在红灯的时候穿越十字路口。每当碰到很仓促的场面，卡车灯光在回避时出现得太近，我们就会哈哈大笑起来。到了停车库，他让我在铁门口下车。我回家，他开车到停车场，还有事要做，过一个半小时才能回家。

一天晚上，回家经过林荫大道，一只苍蝇飞到我的眼睛里。我在路灯下停住脚步，将眼皮翻下来，在睫毛边上抓住了苍蝇。然后我擤了下鼻涕。我爷爷从劳改营里学会了这个方法。我做得很到位，一擤鼻涕，苍蝇黏附在眼角处，我把苍蝇擦掉了。眼角在流泪，我需要手绢。这时，我才注意到，我的手提包掉在巴士车里了。爸爸的脑子里只有他的马达，他不会看到我的手提包。我掉转头去。

我从一侧向停车场走去，尽管对这儿的场地了然于胸，但摸黑就不行了。因此，我朝主楼方向走去，那儿阳台的楼梯旁边有一盏电灯亮着，是带花饰的有灯罩的那种。我很快就找到了那辆巴士车，前轮旁边的草坪上放着两只空柳篮。副驾驶座上有一根辫子在晃动。然后我看到了一张脸、一只鼻子和一只脖子。我的爸爸在亲吻那只脖子，女人坐在他身上。她抬起头来，仿佛要把脖子伸到车顶上去似的。她的背弓成了枝条。我认识这个女人，她和我一起上过学，是另一个班上的。她和我同龄。我上女中的最后三年，她在集市上卖菜。她的辫子来回敲击着，直至爸爸将她的嘴压到他的嘴上。我真想一阵风一样溜走，可同时又想看到他们之间发生了什么。一群蚊子像一块有洞眼的布，在那盏有灯罩的电灯周围旋转不停。那棵白杨树，当高耸至屋顶边缘时，它是一棵树；而在屋檐水槽将灯光截断的屋顶边缘上面，它就像是一座黑色钟楼，在晃动并发出沙沙作响声。可是蟋蟀的声音更大，从草地直至天空，以至于我只看到爸爸嘴巴张开着，可就是听不到声音。我不知道自己是什么时候站在那儿的，这种罪恶将持续多久。我想准时回家，在恰如其分的时间里先于他赶回家中。在主楼后面的篱笆里有一个洞眼，这是一条捷径。

大街上，林荫大道边的楼房隐没在灯火中。粗大的树干用石灰粉刷过，在微光中摇曳不停，我不用马上就走吧。在看到不该看到的东西之后，我却在树林之间害怕起黑夜来了。此外，我知道的是，在显眼的白天，在墓地的儿童区，那些白色墓碑在太阳下，和那些被粉刷过的树干在夜里的月光下，同样摇曳不停。因为面包厂后面的墓地里躺着那个制作泥土蛇的男孩。当那些狗正处在发情期，不建议孩子们在外面闲逛时，那么他的墓碑和夜里的林荫大道一样会烂醉如泥。他周围的那些墓碑在摇摆着，尤其是墓碑上的照片，照片上的孩子嘴里含着橡皮奶头，手里拿着布质动物玩具。这个拥有最大墓碑的男孩坐在雪人的脖子上。

在我出世前，父母亲有过一个儿子，他笑起来身上发青。他算不上真正的儿子，受洗前就去世了。两年后，我父母可以心安理得地放弃他的坟墓。直至我八岁那年，在有轨电车上，一个膝盖擦破了的男孩坐在我们前面，我妈妈在我耳旁低语道：

如果你哥还活着，就不会有你了。

那个男孩嘴里含着一块鸭子糖，那块糖在他的嘴里含进含出。那些房子在玻璃窗后面走了样地向前。我取代了我哥，坐在有轨电车我母亲旁边一张滚烫的绿颜色木凳上。

我有两张妇产科医院的照片，我哥哥的照片连一张都没有。其中一张照片，我躺在母亲耳畔的枕头上。另外一张照片，我坐在桌子中间。生第二个孩子的时候，我父母亲打算给自己留一张照片，另一张是给墓碑准备的。

从停车库回家途中，我已过了害怕树干被刷白的年龄了，可和当时和母亲在有轨电车上相比，我感觉自己更多的是被爸爸轻视了。我比那个留辫子的女人更聪明伶俐，我想，为什么爸爸不要我呢？她脏兮兮的，她的双手被蔬菜弄成了绿色。他和她要做什么呢，她有一个好丈夫。每当早上我到女中去的时候，我就会看到他。他很年轻，他从汽车站将沉甸甸的篮子提到集市的桌子上，而她手里只拿着一只塑料袋。她还有一个很有耐心的孩子，他在混凝土屋顶下面，坐在她桌子后面一只翻倒了的木箱上，和一只脏兮兮的布质玩具小狗玩耍，以此消磨时间。我真是太笨了，我前天从她那里买了一大把辣根。她一边将钱塞进肚子旁边一只很大的围裙袋里，一边抚摸着孩子的头发。她知道我是谁，肯定想到了那桩罪恶。我从她的上唇边看到了刚生出来的红红的疱疹，没有想到她的疱疹是从我爸爸这里传染上的。他嘴边的疱疹是两星期前得的，现在已经渐渐消退。可是，从她的外表中看不出，为了在夜晚来临之后和我爸爸享乐，她竟然愿意让自己的孩子留在家里和他那只脏兮兮的布质玩具小狗玩耍。

爸爸肩上背着我的手提包回家，将包放到我面前，问道：

你瞧，你从什么时候开始变得如此鲁莽了？

谁鲁莽了？我反问道。

他装作充耳不闻，坐在桌旁明亮的灯光下等吃饭。他将意大利香肠切成手指粗，吃了四根火辣的尖头辣椒。辣椒是他带来的，或许是从她那里弄来的。很可能他也付过钱了。他另外还吃了六片面包和一把盐。那个长辫子女人真的把他摧残得疲惫不堪。也许是因为巴士车里的汽油味，血过快地流入他的心脏，强使他有了勇气，就像当时在战场上一样。我爷爷给我看过一张小照片，说道：

那是他的装甲车。

那么这是谁？我问道。

爸爸旁边的草地上躺着一个年轻女人，她赤着脚，鞋子就在灌木丛旁边，鞋子之间分开很远，蒲公英在她的小腿肚之间开花，她两肘支着抬起头来。

一个有着音乐天赋的姑娘，爷爷说，她用他的笛子吹奏起来。战争时你爸爸什么人都敢下手，只要是身上长着卵巢的，和不吃草的。此后，经常有信件寄到家里来。我把所有的信都撕掉了，不让你妈妈看到。我感到惊讶的是，他很快将你母亲带走了。她不显山露水，但她使他失去了勇气，马上将他抓在手心了。

我晚上还和他一起到停车库去过十次，我用手指数着圈数。我抓住爸爸的胳膊，抓住他的膝盖，他只是朝大路看。我抓住他的耳朵，他微笑着往我这里看，然后仍然朝大路看去。我将手搁在他的方向盘上。他说：

这样就没法开车了。

最后一次，我让他咬一口梨，这只梨我已经啃过很久了。他不必劳心费神地去咬很厚的黄皮。他咀嚼着，发出吧嗒吧嗒的声音，牙齿边上露出泡沫状汁液，目光呆呆地吞咽着。爸爸感到这梨味道不错，我吃梨，只是为了去引诱他。当我的梨没什么可吃了，他把嘴巴凑过来，想再咬一口时，我说：

你拿着吧，我不想吃了。

他真的可以问一下，我为什么不要吃了。他的汽车到了拐角处发出嘟嘟声，因为他很高兴又要见到那个长辫子女人了。他的汽车闯过红灯疾驶而过，因为他很急，不是因为我们可以为此仰天大笑。

到了第十圈，他在停车库的大门口迅速打开车门，这都可以归入他的罪恶之列。他把梨核也吃下去了，在我下车之前将梨茎扔出车门外。他在等待着陌生肉体。

以后，我每天晚上待在家里。他真的可以问一下，是否我不想再坐他的车了。十只手指已经数遍，但还可以重新开始数数。或许香烟的作用比我的双手或者一只被咬过的梨更有效吧。我可以教教他怎样将香烟吸进肺里。他将嘴里的烟吹出。他抽烟只是为了吹大牛，自己抽外国烟了。爸爸是买不起这种烟的，他很少抽烟，但他这样挺好的。趁他独自一个人开最后一圈时，我从篱笆旁边漆黑一片的树林里摘了一只桃子，坐在院子里的长凳上。蟋蟀唧唧地哼唱着巴士之歌，这辆巴士车晚上在四只眼睛和罪恶的肉体之下变成了一张床。实际上是在六只眼睛之下。我开始吃桃子，把它吞咽下去，好让它成为一桩秘密。

上一次坐车，那只梨起不到任何作用，我回到家里时，母亲问：

你哭了吗？

是的，我哭了。

一只狗，在垃圾桶那里转来转去，从林荫大道一直跟着我到面包厂，我说。

妈妈说：

它在发情，你吓住它了。

你只是想到发情，我嚷道，它很瘦弱，饿得变傻了。

我的心变得如此坚硬，如果撒手扔出去，完全可以把她砸死，我口干舌燥，我是那么讨厌她，当她不知害臊地补充说：

哦，怪不得我在外面听到汪汪叫的声音了。

外面，在干燥的夏季，每当夜幕降临，从地上到空中总是不断传来蟋蟀唧唧的叫声。但没有一只狗发出汪汪叫的声音。她用一只发情的狗被吓住了来圆我的谎言。她在撒谎，以让我在迫不得已时不用再说是我的爸爸在发情，是我可能吓住他了，如果我愿意说的话。

我必须撒谎或者闭上我的嘴巴多少次，才能让我最亲爱的人儿不会遭遇到不幸，即便我恰恰无法喜欢他们？如果我希望保留我永远的恨，那么这种讨厌会把它瓦解。我接下来的恨已经在一点儿爱和一大堆自怨自艾之间出现了。我的理智已经足以让我去保护其他人了。但绝不是当我自己遭遇不幸的时候。

一天晚上，妈妈穿着夏装，衣服上面密密麻麻地排列着珠光纽扣，屁股上有一道很大胆的开口。她将头发梳成斜三角墙状，塞上了细铁丝发夹。她将一粒焦糖塞进嘴里。每当她打扮时嘴里含着糖果，她的心里就怀着甜蜜的念头。她穿上了白凉鞋，说道：

炎热的一天过后，现在外面冷了。我到林荫大道去一会儿。

我不知道，她穿着这套紧身连衣裙是否能够钻进篱笆洞眼。她到达停车库场地时，她的丈夫正在修理电机的冷凝器。正如莉莉表达的那样，当他看到那道大胆的开口、她的发型以及那双白色凉鞋时，他一定会控制住自己的。他或许让她坐在方向盘后面，让她等他修理完冷凝器。他们在白色树干和白色凉鞋的微光中手挽着手回家。吃晚饭的时候，她说：

你每天上班那么长时间，到了晚上还得去修理东西，没人会付你钱的。

怎么会呢，绝大多数路程都是我在开，他说，这样过了新年我就可以拿到奖金，否则我为了什么呢。

妈妈扬起眉毛，甚至从自己的椅子上站了起来，为他和自己切面包，尽管面包和刀放在他的盘子旁边。我们不得不自己切面包，我和我爷爷。

爸爸去世后，我妈妈理所当然地在桌子上少放了一只盘子。她的胃口还是老样子，而且看起来她的睡眠更好了。她的黑眼圈消失了。她并没有显得更年轻，但时间在流逝，她却停止了衰老的脚步。无所谓通常会使人的外表变得不修边幅，但她不是这样的人。更确切地说，她的内心变得荒芜起来，要么是因为寂寞而感到自豪，要么是因为解脱而不再有理智。不快乐，不悲伤，在变化无常的脸部表情稍远的地方。一杯水要比她更有生命力。如果她将毛巾擦干净，她就和毛巾相似；如果她收拾桌子，她就和桌子相似；如果她坐在椅子上，她就和椅子相似。爸爸去世一年后，爷爷说：

你不是有的是时间吗，多到城里去逛逛，或许就会碰到你中意的男人。院子里的活儿可以让比我更年轻的人去做。

我要是果真这么去做，你肯定不允许的，妈妈说，我的丈夫可是你的孩子啊。

可我不是这样的人。

你不也是没再结婚吗？

我没有结婚，可你的丈夫不是死在劳改营里，爷爷说。

说也是白说，妈妈不再梳三角墙头发，把屁股上有一道开口的紧身连衣裙永远挂在了衣橱里。她不想使任何人失去勇气。她将所有的好奇隐藏起来，包括对她孩子的好奇，孩子离开了家，很少回来。

爷爷去世时，我只在她那里过了一夜。第二天下午，我就回到了大城市。她完全可以说，我应该再多待点儿时间，我请了两天假。我原来睡的床上放着塑料袋，里面装着她的冬季衣服，我只好睡在长沙发上，她什么都没有想到。在我去车站之前，她在桌子上摆好了餐具。她在桌上放了两只盘子，却只顾一个人吃饭，全然没有觉察到我只是装作不要吃饭的样子。她以前说过我真粗鲁，如果我不饿的话。现在她也无所谓了。

四只盘子在桌上放了多年。这似乎很正常，因为我们四个人生活在这个房子里。直至妈妈向我坦白说，是因为我哥哥死了，才有了我。自此以后，我们是五个人，我们中有一个人是从哥哥的盘子里吃东西。我不知道是谁。可哥哥从没有从盘子里吃过东西。

他嘴里含着奶头，但他不再吃了，我爷爷说，我们根本没有马上意识到他不是在睡觉，他是……

第五只盘子从没有放到桌上，结果连这四只盘子也没有放多久。随着爸爸的去世，第一只盘子成为多余。我离家到大城市以后，第二只盘子也从桌上撤下了。我爷爷去世以后，第三只盘子也没有用了。

有轨电车走样了。或许是铁轨炎热而变弯了。那名老太神经受不了了，她的脑袋左右颤抖着，好像一直在说“不”。集市广场什么时候到？她问道。驾驶员说：还有一段时间呢。那名年轻男子站在车门后面。我们刚到法院，他说，您不是本地人吗？我是本地人，老太说，我的眼镜昨天打碎了。我去过修理店，他们没有镜片，没有粘结的东西，什么都没有。现在我得等上十四天。我要像她那么大年纪该多好，可这是没法交换的，也不可能拿莉莉或者保罗交换。我希望永远不用在法院站下车。这会在诉讼的时候搞清楚的，阿布说，如果他对回答不满意，你这时就要说话了。驾驶员从衬衫口袋里拿出第三只小面包，咬了一口后放在桌上。面包屑落到了他的脖子里。如果需要那么长时间的话，我今天就买不到鸡蛋了，老太说。有轨电车停下来了。一个人上了车，他身穿西装，手里拿着一只公文包。那我正好买点李子，老太说，看了他一眼，咯咯笑道：我把李子全部带回家，它们不会打碎的。你做蛋糕也需要鸡蛋啊，驾驶员说，朗姆酒少放点，糖多放点。对，对，老太说，男人都喜欢吃甜点。

爷爷葬礼后，我和妈妈一起吃饭，房间角落里的一把扫帚倒下了。扫帚柄倒到地上时发出砰砰声。我看到过爸爸倒下的样子，我爷爷想必也是同样的情况。我抓住那个玻璃杯。如果妈妈对我的生活感到好奇，我一定会谈起在厂里撒谎的事，谈起我穿着那双崭新的灰色高跟鞋带来的死亡。她将一块面包皮塞进嘴里，然后站起来，重新将扫帚放到角落里。

如果厂里有一个衣架掉到地上，有轨电车上有一把雨伞掉在地上，大街上有一辆停放的自行车倒到地上，我就会感觉到凉气从两边太阳穴流到额头中央。妈妈在咀嚼，喝了很多水，她可以肯定她是我的母亲，但我不敢肯定。她看着盘子，说道：

你知道，有一次我开始给你写信。我坐在咖啡馆里，然后就起了这个念头。可能是五六月份吧，现在是几月，对，现在是九月了。然后我就去了邮局。我在信上贴上了邮票，但忘记写你的地址了。

我注视着她，感觉自己上当受骗了。

你还有我的地址吗？我问道。

在一张便条上，我只需找一下就行。

我和她说话时，不用妈妈，只用你，正如一个人和一个陌生孩子说话时一样，因为用“您”不合适。听她说话令人讨厌，自己很随意地或说话或沉默，就像当时，我毫无理由地奔出家门，就像我完全可以毫无理由留下来一样。就算在小城市，坐办公室的位置也够多的，甚至在面包厂也有。今天人们说，事情就是这么发生的。

我去车站时，空气中飘荡着面包房的味道。门卫站在面包厂大门口，用手将夹克制服上的头皮屑拍掉。他举起帽子，打了声招呼，我并不认识他。我走过去的时候，他大声地打着哈欠。我环顾四周看看，仿佛我碰巧交上了好运，仿佛是灰色高跟鞋后面有一块松动的混凝土板在打哈欠。要相信这个地方一切都有可能发生，它能够让夜晚在下午之前来临，以便太阳马上到这儿来，面包厂后面处于一片阳光灿烂的火海中，而在夜晚快要来临之前又像烤面包的铁板一样黑下来。我想起爸爸葬礼后的那个傍晚。我们从墓地回家，我爷爷走过院子，打开水龙头开关，把浇灌园地的长橡皮管拉到桃树那里。妈妈嚷道：

可别穿着这身衣服呀，赶紧换掉。

我跟在他后面跑着。因为干旱呢，他说，仿佛一刻钟之后那些桃树会全都渴死一样。水在喷洒，在树干周围冒着水泡，那些蚂蚁统统被淹死了。大地在慢慢饮水。这时爷爷说道：

伸直大腿一次，世界打开了。再伸直大腿一次，世界关闭了。从这儿到那儿好比在灯笼里放个屁，这就可以自称活过了。为此穿上鞋子不值得。

此刻，我爷爷第二次伸直大腿。我想坐火车，趁玉米地还没收割，我要穿越所有的玉米地。火车沿着所有的小车站行驶，车站看起来就像狗窝。如果妈妈将最后一只盘子放到桌子上，那就走得远远的。经过那么多年，想必就是那只盘子，一定是我哥哥饿了，她在吃他的盘子。因此她才可以一个人好好的，好像总是那一只盘子放在她的桌子上。

当我看见那张浅蓝色车票时，我知道了：多么幸运啊，爸爸没有将我拉入他的爱情中。他的勇气要比他的脑子更聪明。多么幸运啊，在他眼里，陌生肉体的阴影要胜过被我咬过的生梨的汁液。妈妈不值得梦见这样的一幕：我的年轻可以替代她，使爸爸重新回想起和妈妈最初的爱情岁月，不让我们的家庭给长辫子女人以可乘之机。

莉莉那里则是另一回事了，她母亲的第二任丈夫是莉莉所能找到的第一个男人。

他不讨厌，莉莉说，只是慢慢地成了习惯。在我母亲离开的时候我和他做点什么，这要比使用同样的门把手更为理所当然。

莉莉认识脖子上有块战争伤疤的夜班门卫时，她的秘密已成为过去。在他退休之前，莉莉从午夜起就在传达室钥匙柜后面和他躺在一起了。在此之后，她每天晚上去一家商店的储藏室，那里连窗把手上都堆满了皮衣，直至老板带着老婆搬到了乡下。此后，她去过医院，直至她的夜班大夫去看望住在布宜诺斯艾利斯的姐夫，没有再回来。此后，莉莉将下午的爱情搬到了她的摄影师的暗房里。

匆忙造就兴致，莉莉说。

和继父的罪恶已是很久以前的事了，但透过磨砂镜片总还能从莉莉的眼里看得到刺痛，如果她说：

我母亲和她的第二任丈夫睡觉，把她的第一任丈夫的死亡盖在自己身上了。

秘密和匆忙比感觉更为重要。除了那位老军官之外，和她有过关系的每一个男人家里都有一个女人。和继父发生关系的第一年，是最危险也是最美好的。莉莉承认这一点：哦，什么，这是秘密。事情就是这么发生的。为什么爱情就像猫一样是有爪子的，而随着时间的流逝又像被吃掉的老鼠一样消失了呢，这是秘密，莉莉说。

她是德国人。她的父亲刚结婚搬过来，在战争中被一座矿井压得人肉分离。莉莉的母亲已怀有两个月身孕。作为战争中失去丈夫的寡妇，她每年从德国红十字会收到两包救济物品。其中一包是一床被子，自此以后她就用它盖在自己身上。另外一包是一条带刺猬褶印的蓝裙子，因为莉莉妈妈觉得裙子太紧，所以给莉莉穿了。即使平时谁也没有这样一条带刺猬褶印的裙子，但裙子并不好看。薄而硬的料子就像刚从水里捞出来一样闪闪发光。人们等着它的贴边脱落。我说：

或许给老年妇女穿还行，波纹白铁皮绑在臀部周围，就看不到寡妇的赘肉了。

哦，什么，它挺实用的，蓝色和我的眼睛也很般配，莉莉说。只要谈起母亲，她也会提及那个死去的士兵，他没有时间做她的父亲。当我和莉莉在城里，然后她又要使用她的皮夹子时，我就会看到一张照片的白色锯齿形边角凸了出来。有一次我问道：

你那只皮夹子里面放着谁呀？

莉莉先将皮夹子塞进大衣里，然后说道：

我父亲。

他是秘密吗？我问道。

是的。

那你为什么谈起他呢？

因为你冒失地问了。

你是先谈起他，我再问的。

对这张照片我没说过一句话。

可如果它在里面，你不是可以把它拿出来看吗？

要是他死了，他怎么可能在里面呢？她问道。

我用手在我的额前扇扇子。

你疯了吗?

莉莉从皮夹子里抽出照片递给我。她的鼻子和眼睛像他，他不到二十岁，龇牙咧嘴笑着，在那件夹克制服的一个扣眼上别着一枝春白菊。我拿起那张照片，莉莉推开我的手:

让你瞧，不是拿。

我用食指敲了敲莉莉的额头。

你傻了吗?

你看够了吗?

没有，你不是一直在晃动吗?

这时，莉莉将照片倒置，看起来她的父亲倒挂了一样。领尖和帽子前面涂上了墨汁，那些地方在闪烁，但照片没有了光泽。我马上注意到了这一点，而且当照片放倒的时候，也可以看到。害羞会使眼睛变小，可她的眼睛变大了，忘记了眨眼。莉莉在寻找争吵，但不是因为制服上那些被涂上了墨汁的地方。

把照片放好吧，我说。

为什么，你不是在用眼睛吃他吗?

对不起，我嚷道。

为什么说“对不起”？她问道。

你嫉妒了吗？

也许是你吧，对我来说他是太过年轻了。

如果放到今天，他正合适。

我还从没有想到过这一点。

我想到了，我说。

每天下班后我很高兴不用再见到内罗了。我在车站旁边那些低矮肮脏的房子前来回溜达。那些窗户和人行道只有咫尺之隔。冬日的下午，窗帘后面已经亮着灯光。那一点积雪宛若泼出的牛奶，在坑坑洼洼的路面上闪亮，卡车驶过时发出嘎嘎声。在车轮后面的漩涡里，那个制作泥土蛇的已故男孩出现了。他自从去世后，可以更好地走路了，我爸爸开车也更出色了。大街倘若将嘎嘎声和积雪吞没，就失去方向了。我让一辆、二辆或者三辆有轨电车行驶着。保罗反正要比我多干一个半小时的活。没有任何东西可以将我拉回家。其他卡车过来了，假如我运气好，巴士车也会过来。有一次那个制作泥土蛇的男孩和我爸爸大打出手，因为他们俩不得不太过频繁地露面。有一名男子扛着行李箱上了有轨电车。

在刚过去的今年夏天，保罗下班后，又一次不得不赤着脚，光着上身，穿着借来的一条裤子骑上了摩托车。他穿在身上的所有东西，都在他淋浴时不知去向——衬衫、裤子、内裤、袜子和凉鞋。尽管从春天开始，更衣箱有人看管了，但保罗今年夏天第四次在淋浴后身上只剩下了一身骨头。在厂里，偷窃不是什么恶劣的行为。工厂属于人民，人来自人民，拿人民自己的财产，所有能拿走的东西，包括钢铁、木材、螺丝和铁丝。人们还这么说：

白天是拿，晚上是偷。

此外，这个人的袜子被拿走了，那个人的衬衫被拿走了，还有的人鞋子被拿走了。即便在看管前，也没有人比保罗被偷的次数更多。而且只有他的所有东西一下子悉数被拿走。他不穿显眼的衣服。保罗赤裸着身子出现在厂里，这种丢脸要比偷窃东西本身更为重要。有人在侮辱保罗。他仔细观察人们的谈话、笑声、吃饭、在工作时的操作、在车间里来来回回的走路声。所有的人都做得很平常，不过有可能是那个当事人失去了自制，犯了错，保罗想。他想首先和他算账。

究竟怎么回事，我问道。

揍他一顿，让他疼得哇哇叫。

有人大吼大叫，知道给他的挨揍够了。可也有人沉默寡言，这时就会把他打死为止。我担心保罗变得越来越没有判断力，于是说道：

可以把偷衣服的小偷的衣服脱掉，让他光着身子在厂区里示众，他就会变得胆小如鼠，而你什么也没有做，没有任何过错。

不错，你必须考虑任何人都有可能啊。如果他是一个老人，或者是一个耳朵比脚更大的佝偻病毛孩子，我可以陪他出去呼吸呼吸新鲜空气。

衣服有的是啊，你想想，如果有人偷走了你宝贵的身体，那就更糟了，保罗的同事说。听说你昨天奶头受凉了，你又一次用肥皂涂遍全身等着，而周围却没有一个按摩女郎。

保罗跟着哈哈大笑起来。在他看来，有几个爱开玩笑的人，总比那些沉默寡言、懒得动口舌、瞪着死眼的人要强。保罗没有聪明到可以分清小偷长着哪一张脸闲逛。要么是小偷没有任何破绽，要么是保罗没注意到这一点。就连在偷窃事件发生后每一个人放在工具柜里的备用衣服，也在淋浴后消失不见了。

我们的社会主义让它的工人裸体走出工厂，保罗在厂里说，每隔几周人就像新生的一样，这样可以永葆青春。

每天早上，那些爱开玩笑的人到了车间里，招呼道：

裸体早上好。

吃饭时，他们祝愿道：

祝你裸体胃口好。

回家之前：

祝你裸体下班愉快。

在党的会议上，那里没有了阶级等级，保罗说。他们所有的人就像一根木栅栏一样，都坐在倒数第二排。汗水从他们的太阳穴那里滴下来，他们的头发紧贴在脑袋上，不知道究竟是因为太阳，还是出于恐惧。为了不致引起要求发言的印象，他们不碰自己在膝间的双手。他们坐在那儿，脏兮兮地，艰难地，一动不动地，双手固定地放在膝盖下面。在前面的会议厅里，帷幕拉上了，主席台和前面几排椅子上有了阴影，但这些椅子上没有人。只有保罗必须站在那儿公开训练自我批评，然后独自一人坐到有阴影的那排，坐到其中一只椅子上。在人吸气的时候，那些椅子发出嘎嘎的响声。可他不得不深深地吸气，因为甚至空气也在他的鼻子面前低下了头。

作为鼻屎，保罗自言自语道，他入了党，作为技工学校的十年级学生。保罗的母亲说：

在这个国家，有人可能还是那么聪明，没有红宝书他可以闭上自己的嘴巴，像鹌鹑一样到尘埃里放屁。

她是一个乡下姑娘，从萝卜地里来到了城里，来到了男人比女人多五倍的重工业城市。在床上，她通过献出下身成了一名党员。

培养她，让她变得高贵，保罗说。嗯，她会什么呢？她会松土、播种、收割，会补袜子，会一点缝纫的活儿，舞跳得好，还会挤奶。她的党员实习结束于床头，而她心知肚明的是，更换男人从何时开始，才会有损于一个身材长得匀称的姑娘。她保持着这份敏感性，在受到伤害之前嫁给了保罗的父亲——社会主义事业的英雄。她很忠诚，并始终如一。她的丈夫想教给她党的语言。她脑子很灵，但口风不紧，这和嗅觉和味觉绝无关系，也和听觉和视觉毫不相干。当她一字一句重复保罗父亲一直教她说的话，听起来就像嘲讽：进步就在我们的力量中。

说得再轻点，他说。

那听起来就没一点儿精神了。

声音大，听上去就很夸张了。

你在谈论事情，他说，你必须摆脱自己。

哪怕我是我们的力量，她问道，那又怎样。

所以说，你赶羊时可以从高山谈到山谷，但在党的会议上你必须闭嘴。

整个一月份一直在培训。保罗的母亲说，与其训练自己的语言，她还不如把外面大山上的雪搬走。她丈夫只好放弃了。

我搬家到保罗那幢滑落的塔楼房里，厂里的人三天后就知道了，尽管保罗没有和任何人谈起过。他母亲同样很快获悉此事。她给她的儿子写了一封字迹模糊、错字连篇的信，并用上了这样的称呼：

你是我的眼睛，你是我的生命。

然后是这样的话：有的姑娘就是花朵，就是天使。可是你，我的儿子，你拿到的那块抹布所有的人都已经擦过。这个女人既不爱你，也不爱她的国家。她会毒害你的心。别带她踏进我们家门槛一步。

你会毁掉你的人生。我请求你，我的孩子，和她一刀两断吧。

在“吻你”下面没有写“你的母亲”，而是写上了她的签名，是那种带花饰的、训练有素的字体，仿佛这个女人是一个博学多知的人。保罗相信有人向她口授了这封信。他如同熟悉她的字体一样熟悉她那些亲昵的话。

那么谁临摹了她的签名呢?

那是她的签名，保罗说。

她从他的父亲那里学会了签名，对她来说这就像补袜子或者挤奶一样易如反掌。保罗的父亲认为签名是一个人的一面镜子，从签名中可以比从眼里看到更多的东西。由于妻子很少写东西，但常常又必须在厂里的表格上面签名，所以在失败的一月份过后，他教她至少学会使用花里胡哨的花体签字，和她一起在报纸的边角上练习。这封信是我至今仍然不认识保罗母亲的原因。有一张照片，是保罗在父亲去世一年后在一封信里收到的，那时她已经脱下丧服。她一头烫发，一张圆鼓鼓的脸，老年虚胖，似乎很善良。她是一名退休钳工，丧期过后第一次重新坐在甜品店里吃蛋糕。她松弛的赘肉从两肘周围的短袖口露出来。她手腕上戴着一块男表，她用所有五只手指抓住那把小调羹。她左手将手提包按在膝间。

保罗介绍说，她在一次会议上没有保持沉默，因为车间里有穿堂风，她要求发言。

男人挺走运的，她说，穿上两条长裤子，不会感冒，可风透过那个宝贝吹到我们女人身上了。大家全都笑了起来，这时她睁大眼睛看着，纠正道：

也就是说，风通过那玩意儿吹到了我们的身上。

开完会议，在回家的路上，保罗的父亲打了她两个耳光，说道：

你难道不明白你也把我彻底毁了吗？

他在大街上发泄自己的怒火，都等不及回到家里了。也有可能是因为恐怕他不敢待在那儿吧。这是他唯一一次打她。从第二天开始她有了一个雅号：那玩意儿。直至退休，她在厂里的称呼就成了这个。

我和保罗结婚之前，那位工程师把他叫到跟前，说：你已经钓到鱼了，这个女士将你和她的马塞洛们混淆起来了。你还可以退出。

那个人说什么，和我没有多大关系。即便有

些话千真万确，但保罗的回答和以往一样，也太冒险了：

我向斯大林的女儿求过婚，可惜她已经嫁人了。

因为这句话，我们结为连理，那个工程师等着保罗再次失足。就算保罗没有说过工人们裸着身子走出工厂的话，其他指责也会纷至沓来。失足总能找得到，可被偷的衣服永远找不到了。

谢天谢地，大桥上没有车站。我不想看到这条河。看到河里流着什么，我的心情会不舒服。不管水面上有什么，他在水里看到了什么，或者波涛总是流到同一个方向，他都会向所有的人扭转头去，甚至向我扭转脖子上的喉咙。可我必须望过去。我觉得那块草地更大了，天热的时候，水位不会很高。这时候，太阳已经走到另一边去了，它像舌头一样串来串去，像针一样扎人。手拿公文包的男子歪坐着，眯着眼睛。此刻，他想到了公文包的用处，他将它放到窗玻璃上。这对我也有用处，只要我脑子里不用傻傻地去想那条河，我完全可以看着那只公文包。车厢两侧均有扶手，那只公文包像一道安全门，就放在其中一侧。公文包夹层里放着纸，或许是一些包括名字、印章、签字和一件罪案的法院文件。上了法院，从来不会有什么好事情。那名男子是一个局外人，希望心平气和地再通读一遍所有的文件？抑或是一名被告，在最后审理之前有一次喘口气的机会？非此即彼，他运气真好，他知道自己的公文包里放着什么。我十点整到那里接受审讯，他在九点以前就可以打道回府了。他衣冠楚楚。一个大清早梳洗完毕的被告，还能够从头到脚将自己打扮得西装革履、风度翩翩、油光可鉴、神采飞扬吗？他当然可以找到理由，和法官不同，即便罪案无法改变，他也应该给人留下无可指摘的印象。或者是这个公文包男子喜欢虚荣，每天要外出，不管到哪儿去，就像走出盒子一样。他为此需要一份不让自己变脏的工作。他可能两者都是，当然也有法官受到控告的。也有很小的原因导致犯下重罪的，当然也有穿着西装革履受到指控的。法官们也可以将法律禁止的所有东西统统背出来，因为他们的孩子也可能会做些不允许做的事情。他们长大了也会离开家门，无异于我和莉莉。我的妈妈是谁？当我写那些纸条的时候，谁也不会希望从她那里得到什么。我的爸爸去世了，莉莉的继父也已经退休。如果他或者我的爸爸是法官的话，那么莉莉在逃跑前可以向他，而我在写纸条前可以向我的爸爸问些什么问题了。法官的孩子们也会听到关于世界的声音，像我们国家的每一个人都可以到黑海去。往外面的世界瞧，它将他们以及所有其他人完完全全吸引到任何地方去。人未必就背运，但可以想到：这里不一定永远是我的生活。就像我和莉莉一样，法官的孩子们也知道，在边境线的士兵那里，天空仍在继续，直至意大利或加拿大，那儿要比这儿好。所有的人都渴望好运与其同在，可好运永远不会来自边防官员。一个来自上帝，还有一个来自老天。也总是来自某一个谁，有时候会有一个美好的结局。有时候像一畦虞美人那样红艳艳的，有时候又像莉莉那位军官那样只剩下孤零零一个人，有时候像我的命运一样漫无目的地来来去去。是早是晚，非此即彼，终究尝试过了。

保罗赤着脚回家，同事的备用鞋他穿着不合脚。这一次他不需要衬衫，现在已是夏日炎炎了。他只是借了一条裤子。裤子长度超出踝骨两手宽，宽度够三个保罗穿上，他在臀部四周用铁丝绑住。保罗在家里开始取笑自己这副模样，在走廊里蹦蹦跳跳起来。他的屁股都掉到腘窝里去了。他伸出双臂，在他四周越来越快地转动我。我将耳朵凑到他的嘴边，他在哼唱一首歌，闭上眼睛，将我的手压到他的胸间。我感觉到他的心脏在我的手上急促地跳动着，于是说道：

别这么闹，你的心像野鸽子在飞。

我们舞跳得越来越缓慢，将两肘置于我们中间，屁股向外伸展很开，肚子和大腿就有舞动的空间了。保罗碰到了我的左臀，晃动着，然后碰到我的右臀，他的肚子开始离开我舞动起来，于是我的臀部独自晃动起来。我们的头部保持那种节奏。

老年人就是这么跳舞的，他说，你知道吗，我父亲把我年轻母亲有棱角的臀部称作探戈骨。

我用涂上红色颜料的脚趾碰到了保罗满是灰尘的脚趾，唱道：

世界，世界，世界妹妹
我何时把你看够
当我的面包干得发硬

手忘记了我的杯子

当棺材板在我四周敲响

也许这时我才会把你看够

谁绝望地诞生

谁腐烂地死去

就是这样一种顺从，我们由歌而笑，在歌中，死亡就像付出代价的生命赠送的一部分走过来了。我们在笑声中唱完了这首歌，节奏都乱了。突然，保罗将我一把推开，吼道：

哎哟，拉链掐到我了。

我本想打开拉链，可是不行。当保罗把腰带上那根铁丝拉出扔到角落时，他的裤子屁股那里恰好落在他的脚后跟上，结果裤子前面被钩住了。我本想把他那些夹伤的阴毛剪掉，可笑得没法动手了。保罗颤抖着从我手里夺走那把剪刀：

孩子，走吧。

上哪儿？我问道。

于是，我不去管保罗了，可还是忍俊不禁，咯咯地笑个不停，像是发作了一般。又一次笑到自己感到无趣为止。突然深深地吸气和呼气，肚子里充满空气，再没有其他，那就完了。可一开始是幸福。一个人可以跳舞到哈哈大笑，那根始终将我们维系在一起的短绳断了。死亡之歌对着我们太阳穴内部温暖地呵气，那一定就是幸福了吧。在我们在彼此面前感到惭愧之前，在那条短绳比鼻子还短之前，那就是幸福。然后，保罗想必用手指抚摸自己的头发，我则把我的手指收起来，用我的指甲压住我的手指，就像是一个受罚的孩子。

幸福之后的静默，它来了，仿若家具上起了鸡皮疙瘩似的。我们掩面沉思，重新陷入走投无路的境地，首先是保罗。他始终担心我们会习惯于幸福。趁我还在发笑的时候，他剪掉自己的阴毛，剪刀挂在钥匙板上，那条超大的备用裤子躺在那个角落里。保罗穿着内裤走出房间来到过道，站在太阳下，站在一个长长的正方形中，他膝盖以上落在地板和墙壁之间的大腿阴影变了形。

你为何总是笑到幸灾乐祸的程度呢？他问道。

这话听起来就像是内罗说的：

你现在又有无耻而错误的幸福了。

内罗这边还真有这么回事，我和他有过关系，因为我需要它。在给我带来的伤害方面，那是谁也无法超越内罗的。可我的舌头更快，我的双手比他的更敏捷。刮胡子的时候，他忘记下巴上的胡子；煮咖啡的时候，浸入式煮水器从锅里翻倒了。系鞋带儿的时候，他把鞋带儿揉成一团，时间过去了很久很久，但打一个像样的蝴蝶结却永远无法完成。他谈起扣子来头头是道，但就是不会做缝纫的活儿。

当他没做成什么事的时候，我说，你又把屎拉到你的手上了。

每隔几天他的太阳穴就会碰到橱门。如果他那支刚刚削尖的铅笔掉到地上，他就弯下身子，然后就忘记头上的橱门还开着了。我对新肿块说道：

今天堇菜花又开了。

然后我就笑了，直至他因为我的蔑视而跑出去来到厂区的院子里，好在其他人面前重新展示一些有价值的东西。他还要离开多久呢，如果他来，我是一直笑下去，还是重新开始大笑。他对新肿块进行按摩，而以往那些蓝绿色的肿块还没有隐去。

我因为内罗而大笑发作，很可能和保罗的相似。可我觉得，内罗那里的蔑视很重要，一开始是幸灾乐祸。内罗理应遭遇任何不幸。他的遭遇还是少之又少。如果内罗受不了我那个错误的幸福，那很中我的意。但这并不卑鄙。他的幸福才是卑鄙的，这种幸福将我逼入困境，直至我被解雇。将胡须刮得很干净、系鞋带、缝纽扣，这是适合亲自动手的赏心悦目的事。在厂里，这是无法证明自己能力的，因为完全是其他东西在作数……

当然，自从内罗给我带来伤害以来，我更多地在训练我那个错误的幸福。第一批纸条事件发生之后，我的笑声变成了这样，仿佛它在对伤害吹口哨。这种伤害是无法让我弥补的。

跳舞后，为了买两双鞋子，保罗开着“雅娃”牌摩托车到城里去。一双用来穿，另一双放在工具箱里备用。我目送他远去，这辆红色“雅娃”牌摩托车在下面的马路上和厨房桌上那只上了红色釉彩的咖啡盒一样漂亮。我在走廊里阳光照耀的地方走着，不知道自己何去何从。这时我在储藏间里发现了我的第一双新娘鞋，鞋子是白色的。我的第二双鞋子，是棕色的。保罗那双脚底穿孔的凉鞋也在那里，那是去年夏天的鞋子。秋天倏忽降临，天空低沉，秋雨将腐烂的树叶吹落到地上。我们将夏季衣服一天天地扔到最后面的角落里，需要用钱购置冬季衣服，而不是去调换相对昂贵的凉鞋的半高跟鞋底。因为天气的缘故，我是真不想拿着夏天鞋子到鞋匠那里去的。到那个日子重新来临，还有很长一段时间呢。眼下最急需解决的事情已经太多了。

阳光照在整个地板上，但还没有照到那条借的裤子上，还没有。我也没有用手碰它。房间里寂静无声，它从地上扩大到天花板上，这是一种无法忍受的寂静无声。甚至从桌上掉下一只盘子，从墙上掉下一幅画，仿佛我爸爸又死了一样，也会更好些。我双手迟疑不决地从被太阳照耀的地方走进房间，关上窗户，但之前还是向窗外望去：在不允许普通人停车的人行道上，有两个人坐在一辆红色小车里。一个人挥舞着双手，另一个人在抽烟。我从房间里出来，走到走廊上，走到厨房里，再走到走廊上。我了解这种腿脚的功能，一个人会忘记刚才想拿自己干什么，直至自己真正想起来。我迈着拖曳的或者踩高跷太高的脚步来来去去，迅速离开我刚才所待的地方。我把新娘鞋子扔进了储藏室，关上门。我拿着保罗的凉鞋，擦掉上面的蜘蛛网。有一只被踏碎的黑莓粘在右鞋底了。因为这双鞋子，也因为这辆红色小车，一切蓦然浮现在我的眼前：去年夏天在河边，保罗在厂里冲澡后裸体，我们在走廊上跳舞，保罗粗暴地从我手中夺走剪刀。

或许这些东西对一个人更合适，用脑袋触摸，而不是用思想，用思想就会没完没了地煞费苦心思考了。那些人们希望拥有或者希望摆脱的人，以及那些人们已经拥有或者失去的物体。可能会有一个秩序：脑袋中间是保罗，不是我以同样的爱抓住他和推开他。人行道在太阳穴旁边跑着，想跑多久就跑多久，脸颊旁边也许是带玻璃柜的商店，不是我城里那些毫无根据的目标。在后脑勺上，这是无法回避的，在后脑勺上是阿布的那个听差，他可能在这里按门铃和传讯我之前就坐在下面的红色小车里。口头说一下，这样我得担心搞错日子，因为我或者保罗可能没有听清楚。是的，我宁愿希望这个听差出现在我的后脑勺上，而不是他那种低沉的声音，这种声音可以腐蚀，当他重新站在门口，上一次的声音还在我心里徘徊。脖颈上是那座大桥，和扛着箱子的我的第一任丈夫，但没有挑唆他跳下来。而在维持平衡的小脑旁边，应该有一张桌子，一只苍蝇在桌上休息，而桌上却不是摆放着没有饥饿的晚餐。全是固定不变的东西，它们在脑子里只需要摆放的空间。这些表面和边缘，可以分成支撑和负担，不费吹灰之力地区分开。而在那些间隔中，保留着幸福的空间。

我将凉鞋裹在一张报纸里，再把它塞进一只塑料袋里，我不想拿着一只纸包从那辆红色小车旁边走过去。在我狂笑了太久之后，为保罗做点儿事，我是心甘情愿的。我也想知道车里那两张脸长什么样儿。可我无法知道，究竟是这两张脸，还是保罗的凉鞋将我吸引到了大街上。

有些人不仅将物体和思想分离，他们也将思想和感情分离了。我问自己怎么会。燕子飞过大豆地，在云里串在一起，它们和内罗的胡子有着同样的翅膀尖儿，真是不可思议，但只是一个错误而已。正如所有的错误一样，我弄不明白，究竟是物体还是思想希望是这样。因为它是这样，所以理智必须应对这些错误，必须能够尽力承受，就像大地承受树木。我将两张五十元纸币折叠成小四边形，放在手里，再放到塑料袋里。电梯打开了，我的脚还没跨进去，我的脸就已经蹦进镜子里了。地上发出当啷声，电梯以自己的轨迹行驶。

我走到红色小车跟前，那两个人应该看到世界出错了，我已经走下去，而不是他们走上来。我对着敞开的车窗玻璃问道：

您有火吗？

我真想说：

多谢，我不抽烟，只是想知道您是否有火。我想过，为了摆脱我，两个人会马上给我火，可是我失算了。一切都以另一副面目出现。那名男子摇摇头，那名女子则呵斥道：

没有，你没看见我们不抽烟吗？

他将手放在方向盘上笑了，好似他们给了我致命的一击。他的印章戒指上两个字母在闪烁不定，一个是A，一个是N。那名女子对着他耳畔低语时，她的头发在太阳下乌黑发亮。她的脸被日光浴晒成油腻的古铜色，脖颈上挂着一根有斑点的贝壳项链。我说：

很有可能您以前抽过烟，等我一离开，您又会抽了。难道是我把它和亲热搞混了吗？

嗨，夫人，她说，如果你今天因为老公下班后出去嫖妓了没有操过你，那你到酒吧里去给自己拿一根长萝卜好了。它会打消你那个荒唐可笑的念头。

哦，什么，我说，那我宁愿等我老公回来，他有一根发送电报的棍子，可以把我捧上天。

他们当然不会在这里亲热，但可以在别的地方。她马上露出了敌意，她感觉被我逮住了。他也一样，否则他才不会像一堆粪便一样，傻乎乎地呆坐在那里沉默无语呢。或许他还在岗位上，她让他尝过美妙的时刻。就在她关上车窗玻璃之前，我还说道：

我觉得，没有被操的人今年夏天都戴着贝壳项链，要么这是干了的鸽子屎。

贝壳项链看起来真的就是这样。离开的时候，我听见我的脚步声，我感觉有点不舒服。酒吧门敞开着，我没朝里面看，我看着那些菩提树，我从它们那里知道，它们没有喝醉。可我还是听到了喝醉酒的声音。夹杂着白酒、咖啡、香烟、消毒液和夏日尘埃的气味向我飘来。

在鞋铺，我第一次没有听见音乐响起。盒式录音机不在桌上，录音机的电池用裤子上的一条橡皮带连接到机壳上。桌子后面坐着一个小伙子，嘴里一口龅牙，闭上嘴巴的时候，嘴唇是抿不住的。因为他没系上围裙，所以我想，他就是鞋匠的女婿吧，那个拉手风琴的人。我打听那名老鞋匠。小伙子画了四个十字，说：

死了。

他在哪儿？我问。

他在一只抽屉里翻找着，我想是在翻找一张纸条吧，可他拿出一支香烟。

您是送鞋过来，还是寻找墓地？

我报纸里裹着那双鞋，他正好把烟灰吹掉，看着我的手指，仿佛报纸里的鞋子可以叫人毙命一般。

鞋匠病了吗？我问。

他点点头。

他有什么？

没有钱，青年说。

他是自杀的吗？

为什么？

我是问您，我不知道。

他摇摇头。

如果老人死了，孩子是无能为力的，我想，但他可以有怜悯之心。在那些从早到晚有顾客光顾的商店之中，现在有一间铺子空着，这个歪嘴感到很高兴。

他一边将烟蒂在一只罐头盒里压灭，一边说：

墓地在桑树大街，够了吗，还是我也必须告诉您，是在哪一排？

比您以为的够多了。

我也觉得是这样，他说，可从三月份开始，自从我到了这里以后，我必须谈论这个老鞋匠了。

我还以为您是他的女婿呢，我说。

绝不！我第一天到这里，就过来一个人，他一只眼睛被打得青肿，看上去就像是一只金丝雀，他就在我的鼻子底下将铺子清空了。皮革材料、锤子、制鞋模子、皮带的带扣和钉子，他全都拿走了，就连砂纸、鞋油和刷子也没留下。他告诉我说，这些不是铺子里的东西。他妈的怎么啦，我什么东西都没有带过来，我把一切都留给约瑟夫市那个接替我的人了。如果我愿意，我可以从他手里买下来，他说。您知道吗，他们在家里等着，他们连家里买面包的钱都没有了。我可没有本末倒置，才不会去买属于我的东西呢。

鞋匠生意很好，我说，那么他也应该很有钱了。

他女儿因为酗酒把钱都花光了，小伙子说道，还揍自己的老公，所以他才变成这副模样。他清除鞋铺的时候，我问过他是不是也是鞋匠。这时候，他叉开他那消瘦而白皙的手指，说：什么，我看起来和你一样吗？那么，他想拿这玩意儿干什么呢？我问道。拉手风琴，他说。哦对了，我说过怪不得你起了一块紫斑。不，他说，这是我老婆送给我的。酒吧里总是坐着两名警察，我考虑是否把他们请过去。可这些本地人还不怎么认识我，这只会带来不快。这个手风琴演奏者很可能还会说，是我把他打成金丝雀的。我本来应该这么去做，但他的另一只眼睛也已经被打成青肿了，他完全是活该。

桑树大街上只有金合欢树。那个酒鬼住在街头。街尾躺着莉莉。现在鞋匠也躺在那里了。老鞋匠长得虽然瘦小，但双手粗大，成拱形的指甲被皮革材料染成浅棕色，就像十颗油煎的瓜子一样漂亮。我去鞋铺的时候，他就用手摸摸自己的头，好像头上有头发一样。他的光头在盒式录音机低沉的民歌声中汗涔涔的，像屋前花园里的玻璃球一样闪闪发光。可以相信，只要一碰，它就碎了。

嗯，鞋子又开始跳舞了，他开玩笑道。我不知道他是不是在开玩笑。我只知道，就在我快要踏进鞋铺并且站在新的鞋匠面前时，我第一次在一首歌曲的伴奏下跳舞，在歌中，死亡就像生命赏赐的一部分走过来了。那次在饭店里和我第一任丈夫之间的舞蹈之夜之后，我再也没有跳过舞，和保罗也从没有跳过。和保罗跳舞后，我真不该到鞋匠那里去，至少我得再等一天，那么鞋匠还会活着。他的死是我的错。

在他的妻子进入精神病院之前，鞋匠和他的弟弟、小舅子和女婿一样是乐手。他们现在还每天晚上在商业街的那家饭店里演奏。不是音乐家，他对我说。音乐家按照乐谱演奏，乐手按照心灵演奏。

我不喜欢跳舞，也再也不希望有一个喜欢跳舞的丈夫。认识保罗的时候，我恰好将对话引到了跳舞上面。这很重要吗，我不喜欢跳舞，女人喜欢跳舞。我只认识那些被迫去跳舞的男人，保罗说，是啊，然后他们和女人跳上半夜舞，就可以紧接着和她操上一刻钟。

为什么？我的第一任丈夫喜欢跳舞，我说，他沉迷在跳舞中。你说，这是顺便，你还从没结过婚呢。每当音乐开始演奏，我就看不懂我丈夫了。他对舞蹈的渴望和我对舞蹈的憎恨，将我们撕开，撕开了不只一小块。当音乐开始演奏，世界将我们分开了。我后悔，继而离开，并且感觉很无聊，而他摆脱了自己，忘乎所以，宛如一只劲头十足的猴子。我们发生争吵的时候，为了将大事化小、小事化了，还是应该保持沉默才对。可是与其保持沉默，不如将任何辱骂的话一古脑儿地倒出来，因为和那些沉默的侮辱相比，我们宁可原谅这种渐渐平息下来的争吵。估计是九月初的时候吧，我们休假了。我们没钱到黑海，或者到喀尔巴阡山去。那时我们想美美地度过一个晚上，于是周末上了饭店。我丈夫本来想去商业街上的那个王宫，鞋匠的家庭乐团就在那里演奏城里最好的音乐。我觉得那里太贵了。还有一个地方叫中央娱乐城，花上两百就可以在那里吃饭跳舞。和我们一样，大概其他人也在关心钱的问题吧，那家饭店里人山人海。肉变酸变味了，香草色拉闻起来有种药粉的味道，都可以用这种色拉消灭甲虫了。由于可以往白葡萄酒里面掺水，因为它是透明的，又看不出有什么变化，所以他们只喝白葡萄酒。绝大多数人都觉得饭菜不错，他们用面包蘸着盘子吃，这样吃就真的不会有什么剩菜剩饭回到厨房间了。他们狼吞虎咽地吃着，好让自己马上跳舞去。而我则在吧嗒吧嗒地吃着饭，以此消磨时间。我丈夫吃得更快，但和他们相比，吃得算是相当从容的了。乐团慢吞吞的演奏正合我意，我不想跳舞。但这一点并没有妨碍到我丈夫，因为任何音乐都会让他着迷。我朝那些镶木地板看去，那些舞者的情况和他一样。因为这里所有的人都在关心钱的问题，所以度过今宵必须是值得的，他们欢呼雀跃着。男人们在高声叫喊，女人们时而发出低沉的哦哦声，时而发出高亢的哟哟声。当一首由熟悉的曲调串连而成的乐曲演奏结束，他们睁着向上翻转的眼睛拊掌大笑，摇摇晃晃的，好似沉重的鸟儿着陆一样。我丈夫已经吃完饭，用餐巾纸擦嘴巴。他鼻子透过酒杯摇晃着，变成了波浪形。他摆动着双腿，呆坐在桌子上，桌下的地板在抖动。我说：

或许我们已经在旅行中了，地板像在火车餐车上一样抖动。你们也可以在门刺耳的咯吱声或者蟋蟀的唧唧声中跳舞。不，我真不该说“你们”，把他也带进去，可他只是在那儿旁观了一会儿，很痛苦的样子。他将酒杯推到桌子中间，用稍带长形的眼睛呆滞地注视我，他的眼睛像锁眼一样拥有如此坚硬的末梢。他撅起嘴，吹了声口哨，双手在桌子上敲击着节奏。我说：

现在比餐车上更糟，你毒瘾发作了吗？他马上需要我和他跳舞了。马上，那就是现在。他撅着的嘴渐渐抚平，匆匆微笑着，马上继续吹着口哨，这种强迫是大胆而有礼的。这是一种让我听话的克制，只是真的没有争吵罢了。服务员将桌子收拾好了，只是这两个酒杯还在那里。杯子透明地抖动着，仿佛不是真的在空桌子上，我们在酒杯后面坐了一会儿——我渴望着争吵，他则是暗中等待跳舞。他赢了，因为他善于克制自己，浪费了所有激动人心的时刻，我觉得这太笨了。我们为什么要花去明天就会缺少的钱呢？难道他就该以跳舞来弥补难吃的饭菜吗？我拉着他的手来到镶木地板上。我们穿过一对对舞伴跳了一段，一直到了乐团前面。他拉我转身，手风琴键盘像百叶窗一样渐渐模糊起来。

你把自己弄得太累了，我的胳膊睡着了，他说。

我无法把自己弄轻松。

跳舞的时候，哪怕最胖的女人也会变轻，你这不是在跳舞，你是在下垂。

他指给我看饭店里那个最胖的女人，这是一位贵妇人，我在吃饭时就注意到她了。对她那条有着黑色棋子的白裙子，我在吃饭的时候没有看到很多，她必须将盘子移至桌子中央，我才能越过她的乳房看过去。在她短而肥的胳膊的末端摆放着足够多的刀叉，简直让她难以就餐了。

女人的裙子在她的身边飞舞，因为它有很沉的彼此重叠的凹面褶皱，不是因为她体重轻。对衣服我还是有点发言权的，我说。

但不是对女人，他说。

棋子从白色褶皱里飞落。白雪和蓟草，我公公的白马，结婚大蛋糕，蛋糕上面的糖浆层。我吃蛋糕的时候，糖浆层刮得我的鼻尖发痒。我的头昏沉沉的。即便我不得不跳舞，我也没有权利指责我丈夫说，那个香水党员就是他的父亲。我虽然振作精神，但还是做了自己本想放弃的事。人可以禁止他人做很多东西，最好是对关系最近的人，但不是对自己。跳舞时在渐渐模糊起来的手风琴琴键面前，脑子在用过去的事情折磨我，我丈夫失去了和贵妇人亲近的机会。他轻轻拍了拍正带领黑色棋子并且高声叫喊的那名男子的手臂：您的女舞伴跳得真棒。

那当然，我舞带得好，他说。

然后，贵妇人的舞伴重新开始高声叫喊，贵妇人也发出低沉的声音，我丈夫也一起高声叫喊着。

如果你再叫喊一次，我说，我就收回脚步，马上走人。

他又叫喊了一次，我的脚步停在地板上，贵妇人发出低沉的声音，我站住了。

舞伴在不断地更换。调换舞伴在无声中进行。要么是听从男女之间的秘密法则，要么是服从迅疾的偶然组合。看不到有人在这里协商。我拍子乱了。

你只是少数几个跳舞时骨头很重的人，我丈夫说。

你就去抓蓄水池吧，我说，那里有你要抓的东西。

那个脑袋颤抖的老太用手指轻轻推了我一下：喂，你有阿司匹林吗？没有。可是那个驾驶员，他不是有水吗？难道是我看错了吗？他不是有瓶子吗？他有瓶子，我说。她的眼睛突然睁得更大了。这在老年人那里是经常的吗，他们从太阳穴开始长满了很薄的皮肤，就像生蛋白。耳环随着脑袋晃动，那是两个椭圆形绿宝石。由于多次颤抖，耳环上的耳孔下垂得太多，快要裂开来了。牙膏和一把牙刷，我完全可以给她。驾驶员也许有阿司匹林吧，我说。

公文包男子将手伸进口袋：我想我这里还有一粒。一张皱巴巴的玻璃纸小纸条沙沙作响，他将纸条展平：这里没有，我现在重新想起来了，今天早上我把最后一粒吃掉了。那边集市广场上有一家药店，靠近车门的年轻人说。老太转过头来，我现在就需要药片，集市广场什么时候到。她从座位的一个扶手走到另一个扶手，双手扶住，直至走到车厢中间。驾驶员从镜子里看到了她：坐下，老太太，当心闯祸了。你得坐别的车过去，那就近多了。老太跌跌撞撞地走到他跟前。他妈的，我不是问过你吗，你说我坐这趟车是对的。你至少有阿司匹林吧？

一个人要是不喜欢自己，那么跳舞要比在有轨电车上人挤人还要难受，我曾经和我的公公说过。而如果一个人喜欢自己，那他得做些更好的事情，一个人也可以把大腿伸到别的地方去，把自己的头弄晕。

做些更好的事情是什么意思？他说，跳舞又不是工作，而是娱乐，即便不是一种天生的本领，一种禀性。而且是一种文化。喀尔巴阡山的舞蹈和那些丘陵地带不一样，大海边的舞蹈和多瑙河流域那里也不一样，城里的和乡下的也不一样。舞蹈从小就可以从父母和亲戚那里去学。如果你没有学会，那是你家人轻率了事，那你就错过一些机会了。

不，我说，与其说我家人轻率，不如说他们忧郁，经历了劳改营之后，我们家里没有人还会如此快乐了。

这可是多少光阴悄然流逝呀，那是在你出生之前，他说。有些人的人生成功不了，他们以此作为开脱。他们曾经有过背运的时候，于是将它视为所有失败的根源。那好吧，你太年轻，可是我已经足够老了。相信我，即便没有劳改营，他们的人生也成功不了。

那是除夕，帕拉帕奇，我公公就是这么称呼这个大家庭的，正在公公婆婆的客厅里庆祝新年。我永远不想知道，帕拉帕奇是什么意思。对我而言，这听起来就像是一群乌合之众，因为这个家庭太大了，每个人都是靠不住的。可尽管谁也不能忍受他人，他们还是经常聚会。光是我公公，就至少是两个人。他在每个胸口筑巢，然后可以从里面碰到肋骨。

大卫、奥尔加、瓦伦丁、玛丽亚、乔治，还有其他几个人都来了。我不知道，哪个名字属于谁。大家全都脱下了鞋子，我数了数，门旁边有十双。我公公的小弟和大哥也各自带着一个肥胖的妻子和一个干瘦的妻子过来了。中间那个兄弟因为生病躺在家里的床上，但他的妻子和她的弟弟以及她的或者她弟弟的大女儿和一个女婿也到这里来了。那个女婿烂醉如泥。我公公刚给他脱下外套，他就在厕所里呕吐开了，连帽子和围巾都来不及脱下。那天夜里，我记住了两个人的名字：安娜斯塔丝娅和马丁。我公公的表妹名叫安娜斯塔丝娅，和我已故奶奶的名字一样。她约莫五十岁，据说还是处女，在一家饼干厂做了三十年会计。而那个马丁是一名丧偶的园丁，是我公公的同事。马丁想在除夕之夜征服安娜斯塔丝娅。

她是冷血动物，我公公说，但到了某个时候，每个人都会开窍的。

每年七八次，当全体亲戚到齐的时候，我公公就在客厅里背对着前面向大家展示那张照片。人们看到了帕拉帕奇：他的父母和他们的六个孩子。父母亲坐在马车夫的高座上，各自抱着一个女儿。男孩子每两个人坐在两匹棕马的背上。在所有其他日子里，房间里挂着一匹白马，一个小伙子手拿短马鞭，穿着闪亮的马靴骑在马上。那是我公公，也不是我公公，他当时的名字和现在不一样。

我和我丈夫跳舞，请他别转动我，我们来回晃动着。他父亲在的时候，他显得很沉着。我和那个女婿跳舞，呕吐后他不再像刚进来时那么醉醺醺了。他的脚步停下来，在跳狐步舞时，他掉了一只袜子。马丁把袜子捡起来挂在枝形吊灯手臂上。然后我和他岳父或者叔叔跳舞，然后和我公公的兄弟们，然后和马丁。老人们舞步娴熟，他们是沉默的舞伴，我不得不无声地任凭他们转来转去。当我的公公用张开的手臂和松动的领带站在我面前时，我说：

你坐在我桌子旁边好了，也可以这样说话的呀。

啊呀，他说，跳舞可以永葆青春。

他刚刚洗过澡，他的香水飘了过来。他从桌子角落的那只小碟里拿出一颗用利口酒浸泡过的樱桃，闻起来有种蜜饯的味道，可以让一个人醉倒。我已经多吃了好几颗，脑子里有点晕头转向了。我公公将樱桃塞进嘴里，用食指吮吸红色汁液。他的另一只手在示意，直至我站起来。他吸着樱桃核，他的手压到我的腰背上，直至我感觉到他的裤子里有什么。我对此并不好奇，一年后当他儿子应征入伍后我也没有。我将毛巾收拾到柜子里，他跪在我后面，吻我的小腿肚。

过来，你可以看到，它可帮你弥补他不在你身边时的缺憾。

我压紧大腿，关上柜子，说道：

我无法喜欢你。

他完全可以问问为什么，我就可以告诉他怎么回事了。可是他说：

那好，这时人就要拷问自己的大脑，该如何帮助孩子们，然后可以身体力行。

他想接他儿子的班。当时，为了取代那个长辫子女人，我愿意向我爸爸效劳，那是迫切需要，也是完全可行的。这一次不行。我丈夫和我婆婆对此事一无所知，也不了解我对这匹白马、香水党员和他的改名知道多少。他也接过一次班了，对此他是训练有素的。如果我忘记了柜子，它会把我砸死。我没有浑水摸鱼，当时也闭上嘴了，以便整个帕拉帕奇不会招致厄运。

凌晨三点，除夕之夜摧残了我们的容颜，好像我们在这儿的房间里度过了整整一年。那种强奸亲戚内已婚肉体的兴致，演变成了哈欠连天。在彼此信任中一夜之间不知去向的夫妇，现在再度聚首。我婆婆在和她的丈夫吵架，因为水晶玻璃瓶打碎了。大女儿在和她的醉酒丈夫吵架，因为他用香烟在裤子上烧了两个洞。我丈夫指责我先和马丁然后才和他为新年碰杯，可我根本没想到这一点。那个干瘦的妻子哭诉道，她丈夫丢了一粒金质袖口扣子。他指给我们看右袖子上所有还保留着的扣子，我们在厕所、房间和走廊上寻找，找到了旧的裤子纽扣、硬币、发针、香水盖子，并且将它们并排放在台布上。那个小弟在和他的胖老婆吵架，因为她不知道把车钥匙放到哪儿去了。她将手提包放在桌上。一块手绢掉了出来，还有两粒阿司匹林和一个极小的锈铁做的安东尼圣像。它会帮助我们，她说，然后吻了它。

把它吃了，她丈夫说，或许你就可以创造奇迹，用手指打开车门了。

马丁将下巴搁在桌上，再一次依次注视那些女人的小腿肚。他没受到重视，这个时间开始已不再属于这个家庭了。灯光很刺眼，他的头皮上已经重新长出半公分长的银发，这些银发一根根地在闪闪发光。他把头发染成了棕色。

谁也找不到那粒袖子扣子，大家全都停止寻找，在走廊里穿上外套和鞋子。安娜斯塔丝娅手里拿着一只锈迹斑斑的镊子从卫生间里出来了。她的双手在滴水，额头四周的头发湿漉漉的，水从下巴上滴落下来。

你干吗用手喝水呀？我婆婆问，那儿不是有很多杯子吗？

安娜斯塔丝娅开始哭泣：

我现在得告诉你们了，那个鳏夫昨天夜里在卫生间里折磨我，这可是最后一次，这可是不可能的。

那把镊子放在了桌子上，和捡到的其他几件物品放在一起，它和小安东尼圣像相像，很容易搞错，可没有人吻它。安娜斯塔丝娅迅速披上外套，用力打开大门。

你等一下，我公公说，其他人也马上走。

我不需要有人陪，她说。

那个丢失袖子扣子的兄弟指着她的脚：你可不能光穿着袜子走人呀。

安娜斯塔丝娅在她的鞋子里找到了那把车

钥匙。

安东尼圣像还是带来好运了嘛，我公公对他那个干瘦的弟媳说。

尽管如此，谁也不相信这一点，她说。

说完，她将安娜斯塔丝娅拉到身边：

马丁寻开心而已，你别往心里去，他完全可以得手的。

马丁这时已经走了，谁也不知道他究竟是怎么走的，什么时候走的。他的围巾忘记拿了，还挂在走廊里。

等到所有的人离开之后，我公公把那张照片重新归位。我婆婆从枝形吊灯那里抽出短袜，打开大街和院子之间的窗户和大门。冰冷的夜风吹进来了。枝形吊灯在穿堂风的作用下开始晃荡，我公公的领带和他儿子的头发在飞舞。这时，那匹白马从墙边迈步向我走来，在元旦迎接这些被庆祝活动折腾得够呛的人。我退回到了走廊上。我公公打着哈欠，将领带从头上抽出。他妻子把地毯上的面包屑、蛋糕屑以及樱桃核捡到手里。

先得把餐具收拾进厨房再睡觉吧，她说。

我没想到去帮她的忙。她丈夫将领带放到桌

上，解开领结，直至在一个整齐的圆圈中摆放好，就像摆放在商店的玻璃柜中一样。

我匆匆说了声晚安。

我们今天的梦想，将会变成现实，他说。

新年里，帕拉帕奇的所有对话均以丢失的袖子扣子作为开始。它不在这儿的家里，顶多掉到了厕所里，这样的事真的会发生。我知道另外一种情况，和我丈夫说，那粒金质袖子扣子放在床头柜上他父母的首饰盒里了。

你干吗要多管闲事？他问。

因为一颗袖子扣子是不会走路的，我说。当我重新朝那只首饰盒看去时，那粒扣子已经不见踪影了。复活节的时候，我公公吹嘘自己有一只金质领带别针：

我亲爱的妻子送的。

她在他眼里没有那么亲爱，这个她知道。他在苗圃那里有一个和我同龄的情人，她曾经研究如何消灭螨虫和蚜虫。因为对她的全称——防治人工培植植物寄生虫工程师同志，谁也无法说出来时不带笑声，因此她被称呼为虱子检查员同志。我婆婆每星期日感到很高兴，因为她丈夫无法到园圃去了。

可复活节时，她的脸像千层饼的生面团一样软塌塌的，她老是看着他，他在专心研究自己的那只领带别针，以至于周日给自己的情人打电话时，没有偷偷将电话拿到卫生间去。我婆婆吸了口气，说：

我已把自己那只旧戒指送到金匠那里去了，我觉得它太小了。

我什么也不想说了。我丈夫以稍带长形的眼睛呆滞地看着我，每当他强迫我沉默的时候，都是这种表情。这时，我在他耳边说道：

你母亲在撒谎，那颗袖子扣子哪里比得上你父亲的那只领带别针啊，还得搭上她那枚戒指才行。

一只胖苍蝇以垂直的弧线，在驾驶员的脑袋四周发出嗡嗡声。它飞到他的手臂上，他打它。它飞到他的脖子上，他打它。然后他打到了自己的脖子，发出噼啪声。苍蝇溜走了，飞到了窗框上。他想把它从敞开着的窗子赶到窗外的大街上。它嗡嗡地飞走了。现在听不到它嗡嗡的声音，而铁轨的声音越来越大了。怎么啦？老太问道，你看起来绝望透顶了。有一只苍蝇，驾驶员说。哦，是这样，不戴眼镜我就看不见这些小东西了。它马上到你那里去了，他说。你干吗不打死它呀？她问。他抓不到呀，公文包男子说，他得开车，不是去抓苍蝇的。为了一只苍蝇车子出轨，那真的就完了。它不会到我这里来的，老太笑着说，我抖得够厉害的了。这不是很好吗，驾驶员说，你正好可以赶走苍蝇。不，她说，这可不是好事。你要是老了，就知道怎么回事了。不过，那些咬人的蚊子来了，是啊，还有那些跳蚤。我是A型血，跳蚤最喜欢的血型，大夫和我说起过。我是AB型血，公文包男子说。那么这位小姐呢？老太问，歪斜地闭上嘴巴等着回答。O型血，我说。O型血，这是吉卜赛人的血型，老太说。O型血的人可以给所有的人捐血，可他们只能用O型血的人提供的血。驾驶员拍了下太阳穴。婊子养的，他吼道，你找其他人吧，我还没翘辫子呢，我也不是一堆屎。他将苍蝇朝我们这边赶。我们也没有翘辫子呢。我是这里最小的，说到翘辫子，我可能是最后一个轮到。我也是O型血，驾驶员说。苍蝇像眼睛直冒金星一样，在窗玻璃上发出嗡嗡声。它的肚子发出绿光，像老太耳朵边上那些抖动的宝石一样大。

老鞋匠是一个很健谈的人，我喜欢到他的鞋铺那里去。

音乐是我的生活，他说，不过这里的人也需要音乐，这样就听不到老鼠的声音了。我在家里也喜欢听音乐，直至睡着。以前，我的薇拉整天跟着我一起唱。常常到了晚上，她喉咙唱得都嘶哑了，得喝杯蜂蜜热茶才行。

每年夏天，他妻子沿着上午能照到太阳的铁丝篱笆那里种植大丽花。

我的薇拉有一只上帝给她赐福的手，他说，凡是经她种到地里的东西，不管什么，都能开花结果。可是，在她生命里的最后那个夏天，她种植的大丽花在生长过程中，那些陌生的璎珞百合、白日草、翠雀花和福禄考的叶瓣也连带生长起来了。于是，在开花的时候就出现了这样的景象，任何一根花茎上都是混乱不堪。这些大丽花是一个奇迹，但是变混乱了。人们在篱笆外面驻足。我女儿还没等到大丽花凋谢，就把它们全部挖掉了，不让风将这种发了疯的种子吹得四处乱撒。薇拉始终是个文静的人，可自从大丽花开花之后，她几乎不再说上一句话了。由于她身体健康，在家里却又派不上用场，我女儿只好每天打发她去购物。薇拉从商店里走出来，带回来的是大豆而不是土豆，是醋而不是矿泉水，是火柴而不是卫生纸。因为她的情况没有好转，我女儿就给了她一张购物清单。我这位健忘的薇拉拿着这张购物清单到商店里，可带回家的是鞋带而不是牙膏，是图钉而不是香烟。我女儿立马去了商店。那个男售货员和那个女收银员还能记得刚才那个拿着购物清单的女人。不，他们说，她既没有买鞋带，也没有买图钉，而是买的牙膏和香烟，和清单上的东西一模一样。我们这里根本没有鞋带，几周前就订购了，但还没有送货过来。而图钉呢，我们商店本来就不卖的。薇拉上午只还被打发出去散步一个小时，却常常拿着另一块毛巾回来了。毛巾里面大多放着证件。因此，我女儿可以根据上面的地址将陌生的毛巾交还给别人，再将母亲的毛巾拿回来。后来，当薇拉自己的毛巾再也找不到，却总是将陌生毛巾带到家里时，我们只好让她空着手出门了。她回来的时候，没有披着头巾，却戴了一只帽子。冬天因为寒冷，我们不让她出去。到了来年春天，她还三次穿着连衣裙来到大街上，之后却穿着裙子和衬衣，上气不接下气地回来了。于是我同意将薇拉送往精神病院。这附近根本就没有服装店，老鞋匠说，这一切和偷窃没有一点儿关系，有一点可以肯定，薇拉从没有偷过。左邻右舍也都说，薇拉在大街上一直给人留下了非常正常的印象，几乎是太不引人注目了，他们说。可当人们向她问候，她却没有回报以问候。她边走边说：

我得赶紧了，饭还在烧着呢。

老鞋匠将拇指和食指放在嘴角。今天这个已经不再重要，这是小事一桩，正如生活中这样的事很多一样。

我也向老鞋匠讲起我那已故奶奶的事，我爷爷在我爸爸去世后说过，生活就像灯笼里的一个屁，不值得去为它穿上鞋子。

他说得对，鞋匠说，他一定是半个哲学家，傻瓜是说不出这种话的。

然后，他指了指木墙，墙上每个钉子上都挂着鞋子：

您过来瞧瞧，我对这个装鞋子的东西有不同的看法，否则我就没有面包吃了。

鞋匠抿住嘴唇，拇指和食指之间的皮肤好似变成了蹼膜一样被皮革蜡染黄了。

我的薇拉，她至少基本上是自己惹的祸。可是在精神病院里和她一起的还有两个年轻女人，她们到了警察局就疯了，却什么事也没有干。其中一个女人偷了厂里的蜡烛，另一个偷了田里的一袋玉米棒子。您现在说说看，这算什么事儿。

换半高跟鞋底，我既不用橡皮，也不用皮革，年轻鞋匠说。他双手伸进保罗的凉鞋里，就像伸进连指手套里一样，将鞋底朝天，看鞋上踩碎了的黑莓。他的龅牙一张一合，我的思想开小差了。那个泥土蛇男孩死了，因为我没有耐心和他玩耍。我想到了我的爸爸，因为他不想在我面前遮遮掩掩了。我想到了我的爷爷，因为我拿他的去世撒谎。我也想到了莉莉，因为我说过球状的夕阳的话。我想到了那个老鞋匠，因为我厌倦了世界而跳舞。那个歪嘴将凉鞋重新裹到报纸里。

十天后您过来串串门，然后我们继续看吧。我已经看够，点点头，就走了。

风在商业大街上飞舞，菩提树吹得一束束绿色豌豆掉落下来。每束豌豆上都有两个皮箔。它们和树枝上那些锯成心形的皮箔毫无关系。夏夜的天空上，有一张白云组成的长沙发。一个女人手拿一只小瓶子从药房门口匆匆走了出来。液体、纱布瓶塞和女人的拇指是靛蓝色的。我问女人几点了。女人说：

快八点半了。

不是像年轻鞋匠说的十天后，而是那天七点到八点半之间，我想为保罗做点什么。我没有如愿以偿。那个女药剂师背对着大街，赤脚坐在一堆写着中文字的小盒子旁边的玻璃柜上。盒子里甚至连一粒大衣纽扣都装不进去了。这些盒子和安全套盒相似，盒子上除了中文，还有蝴蝶。莉莉有次说过：

中国人很聪明，他们将好的安全套出口到美国，供纽约唐人街的中国人使用，而把满是窟窿的安全套出口到保加利亚和我们这里。

女药剂师的盒子里分别装着一只棉花球，每个棉花球里都有一只假眼睛。她将浅棕色、深棕色、绿斑点、浅蓝色和深蓝色的假眼睛在空木板上放成一排。浅棕色的眼睛和保罗的脑袋很相称，我数了数一共有多少。深棕色的眼睛适合我。药房里适合保罗的眼睛更多。女药剂师在玻璃后面，在深红色太阳下开始布置第二排。她坐在水族箱里面。我敲了敲玻璃窗，她转过头，摸了下额上的头发，继续干活。灰绿色斑点眼睛很适合她。

白色长沙发在天上，女药剂师在水族箱里，豌豆在菩提树上，保罗的凉鞋成了年轻鞋匠的连指手套，金合欢树在桑树大街上——老鞋匠去世后，一切都乱了套。风并没有将薇拉发了疯的大丽花种子撒到这座城市，却在鞋带和牙膏、香烟和图钉、头巾和帽子之间播下了骗局的种子。此刻，在城市夕阳红的晚上，建议人们失明，我们有适合每个人的假眼睛。可那块棺材板尤其向这种人发出了敲击声：他们在跳着厌倦世界的舞时希望给自己带来快乐。是的，我们一定很喜欢自己戴着王冠，对世界感到厌倦。可是这难道不是相反了吗：世界对我们厌倦了，而不是我们对它厌倦了？

对我们感到厌倦，但远不是对所有的人都如此。不是所有的人都疯了，正如也不是所有的人都被传讯一样。莉莉没有被传讯，尽管我的第一批纸条事发数周之后，我考虑到会有这一步。我想让她有所思想准备，在第一次审讯时那种微甜的味道会冲昏她的头脑。在第二次以及所有的审讯时也都一样，可人不再惊慌失措了。莉莉不害怕。

我可没有看到你的纸条啊。

仿佛这就是她不被传讯的理由。仿佛不是那些一无所知的人最容易成为牺牲品，除了面对恐惧，他们都会心跳加速之外。人的脑子里有了这种味道，就会马上签字画押。或许有人向内罗和包装车间里的那些姑娘打听过我的情况了。内罗讨厌我，那些姑娘几乎不认识我，她们对我无所谓。我对她们也无所谓，可是，因为外面走廊上的门开了，她们话到嘴边没说出口的，绝不会是什么好话。

莉莉说得对，她从没有被传讯过。真是幸运，即便她应该为我辩护才是。她也完全无法保护自己。莉莉唯一一次向我打听过审讯的事，那句话是：

你的少校多大了？

你问得倒好，为什么是我的少校？我说。

我比他小十岁。

大约四十吧。

我的老天，莉莉说，现在她不再考虑他了。那时我知道，可能就在第一次的时候，阿布的手指已经碰过莉莉的肉体了。她可能同意或者被迫，对这两种情况，他都有可能报过仇了。这次谈话过了没两天，莉莉说，她父母吵架了。她母亲不想让继父留在家里。起因是一次约会，但不是和一个女人。说是公园边上的那家报刊亭，她继父会在下午五点出现在那里。莉莉的母亲说：

今天你就待在这里，我到单位里打电话，告诉他们你病了。为什么放眼看去，孩子们到处都在成长呢，你必须说了算，他们应该寻找年轻人。

她挡住了他的去路。继父将皮夹子塞进口袋，将她一把推开：

说了算，请问我的权利在哪里，你知道吗？在家里，你就是老大，他吼道，可在集市上你马上将甜瓜扔到我的手里，伸出你的右爪，好让那个少尉骆驼向你行吻手礼。然后你作为女人还说道：我感到很荣幸。在这家里，你毫不畏惧，可当这样的一个人出现的时候，你害怕得再也无法咽下口水。你还是把你的强心剂拿走吧。

我想知道生活是如何发生的，于是离开鞋匠后，我在回家的路上一一检查对世界感到厌倦的种种可能性。第一种也是最好的可能性乃是：从来不被传讯，从不发疯，和绝大多数人一样。从来不被传讯，但发疯了，就像鞋匠的妻子和下面入口处旁边的米库太太一样，这是第二种可能性。第三种可能性是：被传讯，也发疯了，就像精神病院里那两个疯女人一样。被传讯，但从不发疯，正如我和保罗，这是第四种可能性。不是特别好，但我们这种情况是最好的可能性。人行道上有一棵李子树被压坏了，马蜂吃得饱饱的，不管是新来的，还是早来的。如果整个家都在一棵李子树上，那将是怎样的情景呢。太阳将这种情景从城里搬到了田野上。第一眼看去，它给夜晚披上了浓妆，第二眼看去，它被射中了——像一整畦虞美人那样鲜红，莉莉那位军官说过。对了，还有第五种可能性：很年轻，美得惊艳，脑子没疯，但人死了。不是死去的每一个人都叫莉莉。

我带着那双鞋底跑穿的凉鞋重新回家。那辆红色小车不在人行道上，空荡荡的沥青地面上看不到任何东西，烟蒂也不知道发生过什么。猫在垃圾桶里发出咕噜声，想趁夜色来临和野猫眼里发出绿光过来进餐之前，寻找一些吃的东西，直至饥饿的悲叹声和动物交配的狂叫声合二为一。和这个夏夜相比，我的脸很凉爽。从附近的居住小区里传来餐具的叮当声，有人将什么东西摔在地上了。这个时候，人们在吃饭。一头山羊在蛾眉月中露脸了，一只狗儿也冲了出来。它必须决定，今晚吃什么比较合适，时间很紧了。花箱里的水从二楼滴下来。当月亮选定了一张脸，风车开始转动，在拥有很多水才能生长的矮牵牛花之间发出呼噜声。这一天，我做了很多事，虽然遭遇了很多挫折，但为我们找到了最好的可能性：

我们俩都没有疯。

我那错误的幸福在两边的太阳穴上无耻地敲击着，我不是最笨的人。此刻，商店已经打烊，我们的厨房窗户上有了灯光。保罗等待着两双新鞋子，也等待着这个问题：他应该穿哪双鞋，哪一双鞋应该放在工具箱里。他应该穿上漂亮的那一双。或许对我而言，他认为的那双漂亮的鞋子是比较难看的那双，正如在莉莉的照片上看到的那样。我只有她的一张照片，我承认常常看那张照片。如果我谈起她的美丽，没有人会对此表示怀疑，保罗却会皱起额头。

她究竟哪儿漂亮呢，我更喜欢你，我不撒谎。她最漂亮的地方，是你非常喜欢她。

听到这句话时，我感到很难为情，于是不得不经常说道：

保罗，你的良心很好，可你的品味很差。

可就在那天晚上，趁保罗试鞋的时候，我还想和他谈谈玻璃柜里的假眼睛，谈谈我们没有发疯的可能性，尤其想谈谈我不是最笨的人的话题。

小区旁边停放着一辆摩托车，镜子和灯被拆掉了，座椅被撕破了，车把和踏板弯曲了。那是保罗的“雅娃”牌摩托车，我全身都起鸡皮疙瘩了。我在等电梯的时候，感觉好像我已经不在自己的身体里，而是被分配到了墙上的那些信箱里。可当电梯打开的时候，那些信箱还在那里挂着，谁上了电梯，那是我，最笨的人。

从商店回家的路上，一辆灰色卡车在保罗后面行驶，整段时间里，卡车始终在他的后视镜里。保罗想让它超车向前，于是让到马路边上行驶。路上车辆很少。他开得非常慢，卡车慢慢临近，在环行交通中间紧挨着，仿佛要从“雅娃”牌摩托车下面穿越似的。紧接着，摩托车飞了出去，保罗又从摩托车上飞了出去，像一块死木头一样从树上掉了下来。等到胆敢睁开眼睛时，他看到了草地，听到了声音。在他四周有鞋子、裤子、外套，最上面是脸。保罗问道：

摩托车在哪儿？它停在人行道的边沿。

卡车在哪儿？谁也没有看到它。

我的鞋子在哪儿？

在你的脚边，一个穿着短裤的老人说。

车把上的鞋子在袋子里，它们在哪儿？

该死的，老人说，你嘴里还有牙齿真像发生了奇迹一样，现在你需要鞋子了。你有一个保护神，这还不够。

我的保护神开着灰色卡车，保罗说，他到哪儿去了？

卡车，你得戒掉你喜欢飙车的毛病了。

穿着短裤的老人的大腿就像大理石一样，上面布满了脉络，却没有一根汗毛。周围的人看到保罗还是满口牙齿，甚至脑子和身体还在一起，便纷纷走开了。老人把他扶起来，再将摩托车扶起来。然后，他给了他一块手绢：

先把下巴上的血擦掉吧。

您看到那辆灰色卡车了吗？保罗问。

我看到很多车。

您看到它的车牌号了吗？

命运没有号码。

可是卡车有啊。

我们最好还是听从命运的安排吧，否则你的保护神就要生气了，老人说。

这时候，保罗用那块刚熨烫过的手绢擦掉下巴上的血。

此刻，保罗躺在漆黑的房间里的床上，将事故叙述完后问我：

我应该把那块脏手绢还给人家，还是保留下来？

我只是耸耸肩。保罗越是谈起那个老人，他到他那里去的概率就越小。在所谓正确对待一块手绢的借口之后，另一个借口将会接踵而至。

有人又偷走了我两双鞋子，这要比那次事故更令我生气。

我从窗户上望出去，大街在很下面的地方，宁静、空旷，而月亮，它今天选择了山羊脸。如果它没有犯错，那么挺适合这个夜晚的。我半个头伸出窗外，说道：

上一次我被传讯的时候，阿布在行吻手礼时微笑着说，你们经常开车到河边，你和你丈夫，那里也会发生交通事故的。

当我不再向窗外望时，山羊脸站住了，天空在行驶，房间在摇晃。或许，当人们问我是否担心居住小区会倒塌的时候，他们知道自己在谈论什么。

保罗打开电灯：

那你为何到现在才和我说呢?

你能对不安地颤动的眼睛解释什么呢?

因为我不相信这一点。阿布为了消遣曾设想过一次事故，眼睛发炎，牙龈萎缩，冰冷的双手已经无法使用，这我相信。

外面茫茫黑夜，里面灯火通明，由于在摸黑中说话，我无法触摸到保罗额头、下巴、手节骨、膝盖和两肘上的伤口。血变干后，伤口上面感觉很脏。我从卫生间里拿来药棉和酒精。我本想拥抱保罗，可不敢这么做，那些擦伤完全可能从外部却无法从内部搅乱我们。他抚摸着自己的头发，扭歪着脸，仿佛这会使他很疼。

放开我吧，他说。

保罗迅速而坚定地轻轻擦拭伤口，在膝盖上，在两肘和手节骨上。当由于疼痛而流出眼泪时，他就在自己快要什么也看不清楚之前，赶紧用内臂将眼泪擦掉。他不想站在镜子面前，所以让我给他擦干净额头和下巴。我擦拭时和他不一样，我犹豫不决，他勉强地笑笑，直至我忍不住地说道：

你想做给谁看呀？如果感到疼，你就叫唤好了。

于是他开始吼叫了，但不是“哎哟”，而是：

你好好看看我，然后就发觉你向我隐瞒了什么。

他抓住我的脖子，像压住一把钳子一样地压住我。然后我就照他吩咐的去做了，我用眼睛瞪着他。被我擦干净的下巴上的伤口发出原始的光芒，我眼里看到的伤口就像是一只被啃过一口的香瓜。可接着，我就看到我第一任丈夫的箱子放在了那座大桥上。现在照例是我应该说、必须说、必须可以说的时候了：

谁也不应该以爱情的仇恨对待我，你明白吗，在生活中永远不要这样。我将他的双手从我的脖子上面硬拉开。以抓住把手开始，却以头朝前抓住桥栏杆结束。但愿我不必将它放回去了。但愿将来有一天，正如我的第一任丈夫在我面前鄙视他自己一样，我不必在保罗面前鄙视我自己了。

从明天起我们乘坐巴士和有轨电车，保罗说，杂技演员的日子将会更难过。

他摸索着走进厨房。冰箱门打开又关上，有液体发出的咕嘟声，保罗在瓶子里喝什么，但愿不是白酒，但肯定不是水。一只杯子在架子上发出清脆的响声，随后被摆在桌子上。我听见杯子灌满了，杯子不大。他出声地喝着，我在等待。他没有将杯子重新放回去，也没有挪动椅子准备坐下来。此刻，保罗就站在厨房那里，其中一只擦伤的手里拿着那只杯子。当月亮漫游到那里去的时候，一张山羊脸无力地看着他，他受伤的脸重新变丑了。

有一只蚊子就落在我旁边的门框上，像一只胸针一样无所事事地迷失在灯光中。它并没有留意自己的安全，我完全可以打死它。当我们关上灯，它就开始歌唱，吃个痛快。它真幸运，今天晚上它不必叮咬，只需用它的嘴将血擦干净。可惜它的嗅觉很灵敏，它偏偏喜欢我，它闻到保罗身上的血肯定含有太多酒精了。

我觉得这个带手绢的老人很可疑，保罗在厨房里嚷道，他一定要笑死了。他很高兴，我还活着，我什么也不明白，几乎什么也不明白。

那瓶白酒或者那张山羊脸让保罗感到毛骨悚然，但那只蚊子并没有让我感到胆战心惊。我问道：

人们可以透过厨房窗户看到月亮吗？

次日早上，阳光照到了床上，蚊子的两次叮咬让我的手臂发痒，一个是在额头上，另一个是在脸颊上。昨天晚上，因为酒精的作用，保罗沉入梦乡，我呢，因为疲倦，赶在蚊子过来之前就睡过去了。人们如何振作精神，才能熬过这段日子，这种睡前询问的习惯我已经戒掉了，因为我不知道怎么去做。如果一个人向自己提出这个问题，他就无法入睡，这个我很清楚。在纸条事件发生后的第一个星期，因为连续三天被传讯，每天晚上我都没合眼。我的神经，它们成了发光的电线。不再有可以称到身体重量的体重，只有伸展的皮肤，以及骨头里的缝隙。就像在冬天里留神呼吸不能溜走，或者在打哈欠时不要吞下自己一样，我必须在城里留神自己不能溜走。我不能像我内心发冷一样张大嘴巴。我开始感觉自己更轻松而不是更沉重，而且我的内心越是麻木，我对此就越是兴致盎然。另一方面，我也担心，这种阴森可怕的东西将会更美丽，我无法动手对付它，或者让它回来。第三天，阿布在回家的路上逼我上了公园。我脸对着下面的草地，什么也感觉不到。我要是在下面的草地里漠然地死去该多好，可我自己又太喜欢活下去了。我本想痛哭一场，可没有流出眼泪，却是大笑发作了。不错，大地发出沉闷的声音，我笑累了。我站起来时，感到沾沾自喜，像是好久没有这样过了。我在我的连衣裙四周拉扯着，整理了一下发型，看看是否有草茎塞到鞋子里去了，是否双手绿了，指甲脏了。然后，我才从公园里走出来，从一间绿房间走到人行道上。过后不久，我的左耳朵里有沙沙作响声，一只甲虫爬到我的耳朵里了。噪声响亮而明朗，高跷在整个脑海里发出笃笃的声音穿过空荡荡的大厅。

是啊，那只蚊子偏偏喜欢我，我只有献身了。我们可以互不打搅。我应该禁止它侵犯我的脸。在自然光下，所结的痂在保罗的额头上和下巴上，犹如一把肮脏的筛子，谁也不知道筛子里面黏附着什么，什么东西又落入筛子了。

昨天夜里伤口火辣辣地疼，保罗说，我口干舌燥，不得不经常到窗口去，否则我都要闷死了。

他擦了擦眼睛。商业大街上，汽车声戛然而止，随后就听到了瓶瓶罐罐的声音。我走到窗口看，后门那里有一辆送货车到了，而在人行道上仍是那辆红色小车，依然和昨天一样停放在同一个位置上，只是车里没有人。太阳底下空无一人，这里在干什么，难道这个问题是如此不合情理吗，仿佛人们希望从树林、云彩或者屋顶那里知道同一个问题。我差一点就要为这辆无人的小车有一个空间而高兴。在这儿楼上，保罗的脚趾在地板上发出咔嚓声，那儿下面的人行道上有一个女人踏进了太阳的阴影里。夏日，天高云淡，更确切地说，那些云彩温暖而亲近，我和保罗在这儿楼上错误的架子里，太疲倦，离地面太遥远。没有人会为了我们的事而希望阻止失败的发生。我甚至都不相信保罗了。幸福的失败完美无缺地奔跑着，使我们屈服了。幸福成了一种无理要求，而我错误的幸福成了一种圈套。如果我们希望有一个人去爱护另一个人，那就会落空了。这就好比现在，保罗走到我身边的窗口，而我用指尖抚摸他的下巴，不让他的头伸出窗外。他在温柔之中觉察到这种障碍，于是探出身去：这时，他看到了那辆红色小车。温柔自有其办法，如果我希望像蜘蛛一样织网，那么我自己就得待在里面，织成一堆的网。我把窗口让给保罗，那辆无人的红色小车也只值他一声习惯的诅咒而已。可接下来，他穿着家里的拖鞋无言地走到楼下，将“雅娃”牌摩托车从电梯里带到楼上。我们把摩托车扛到家里去。

两天后，也就是星期日，保罗将摩托车从桑树大街推到了跳蚤市场。

我决定待在家里。如果不到莉莉的墓地去，如果不到鞋匠的墓地去，我永远不想到桑树大街去。而这可能需要一些时日吧。我不喜欢到莉莉的墓地去。我可以忍受莉莉和我自己，但无法忍受她墓地里那些红色的鲜花。我公公将这种花命名为紫露草。它们在市场上叫维也纳女人，对我来说，它们就是肉花。红色梗茎、叶子、花朵，任何植物直至它的尖儿都是一把碎肉片。莉莉喂养它们，我踮起脚端，将手指塞进嘴里，不让牙齿发出咯咯声。自从保罗发生那次事故之后，我无法被拉到世上的任何一个墓地。此外，我想留下这辆“雅娃”牌摩托车，尽管这辆车再也无法驾驶了。

我们的爱情曾经围绕着自己转动，我们相识于跳蚤市场上，摩托车当时也在。自那以后，保罗现在是第一次到跳蚤市场去，目的是要把“雅娃”牌摩托车转手出去。保罗说：

我们要是留下这辆摩托车，就会沉浸在恼火之中。是否会沉浸在恼火之中呢？我本想把它留在家里，因为是事故让人恼火，而不是摩托车本身。可是，保罗和摩托车在跳蚤市场上，两者同时受到了损伤，在飞扬的尘土中站着等待，这也真是叫人恼火。我说：

你脸上有痂，别上那儿去。

保罗对此满不在乎：

瞧瞧吧，说不定你的水球回来了。

可回来的，却是那个有着大理石大腿的老人，他穿着得体的节假日衣服，戴着一只透气的草帽，系一条真丝领带。保罗将那辆“雅娃”车卖给了他，说老人不再在秘密警察局干事，否则他出的价肯定不会比其他人更高。我不知道这个。保罗深夜醉醺醺地从跳蚤市场回到家里。他从冰箱里拿出香肠，从抽屉里拿出面包。每当吃饭拿起吃的东西，他总是问道：

这是什么？

这是香肠，我说。

那这个呢？

番茄。

那这又是什么呢？

面包。

那这是什么？

盐和刀，另外一个是叉子。

保罗一边咀嚼一边看着我，好像在寻找我似的。

香肠、番茄、盐和面包，他说，可你也来了。

那你去过哪儿了？我问。

他用刀柄指着他的胸口：

在我的衬衫里，在你这里。

他将一片面包皮塞进衬衫口袋里：

如果我马上被捕……如果你马上……他在嚼碎食物，因此话到嘴边又被噎在喉咙口了。他吃完饭，将餐具收拾到水槽里，将面包收拾到抽屉里，将桌上的面包屑擦干净：

如果今天还有陌生人来访，我们家里应该干干净净才是。

几分钟后，他走进房间，坐在床沿我身边：

难道今天家里没有吃的东西了吗？

你不是已经吃过了吗？

什么时候？

五分钟前。

我吃过什么了？

我把所有的东西重新数了一遍。

他点点头。

那么说，这个人吃饱了。

然后我点点头。

还好，他没有说你的人。他拿卖掉“雅娃”车的钱酗酒，这本来是他的事。我也根本不想知道他究竟花了多少钱。我坐车的时候再也不会像幸福那么笨，天空再也不会飞，我再也不会抓住保罗的肋骨，这些都是我的事。我们没有像那次在跳蚤市场认识之后那样，拿着钱一起到打猎场的饭店去潇洒一回。保罗出事的时候我不在他身边，他的摩托车在那里，他可能避免出现我们是在吃豆腐饭的情况。对保罗而言，这是擦掉，正如擦掉厨房桌上的面包屑一样。正如对我而言也是如此，在我和我第一任丈夫分手之后，这也是擦掉。

我当时站在跳蚤市场上，以摆脱扔给我的那些东西。我的婚戒事关金钱，我有责任。保罗站在我旁边，在出售可以收看布加勒斯特和贝尔格莱德电视节目的自制天线。这些天线虽然不允许安装，但可以睁一只眼闭一只眼，在城市许多屋顶上都能看到。在这儿的跳蚤市场上，在保罗那块被风撕扯的蓝色防水布上，那些天线和鹿角相似。我脱下鞋子，以此镇住放着我那些破烂货的报纸。正如从前在林荫大道和面包厂之间和那个被麻醉剂杀死的男孩一起制作泥土蛇时一样，我的脚很脏，我马上会闷闷不乐。在这儿蹭着地走过的每一个人，他身上完全可能没什么卖得出去的东西，于是闭着眼睛拿走地上的一件破衣服穿上。只有地上不见制服的时候，才会引起军官和警察的关注。没有草茎，没有树木，一大群人和穷人之夏在飞扬的尘土中。而我在这里出卖金子。

对于我的羊毛围巾，我完全可以以三倍的价钱卖出，可是塑料手镯和胸针、一只沙滩帽和水球，就只能卖几个零钱了。我穿着一条紧身短裙，一根绳子上挂着一只婚戒，那根绳子从我的手关节一直垂到了地上，感觉自己俨然将两个诡计多端的人巧妙地融于一身：半是黑市女商人，由于经营不善而破产，于是决定展示自己的肉体，通过好色使自己的商品变得高贵；半是被扑粉弄得满面红光的小妓女，在交媾时偶尔顺手牵羊拿走嫖客的金子。这里给人留下深刻印象的可能是堕落，好比一手交钱一手交货一样，可以做到迅速而直接。我喜欢堕落和好色的幻觉。我稍稍弯曲自己的右腿，把脚后跟放在左脚上，叉开手指松开额头上的头发，带着挑战和温柔看着自己拥有的东西。只是我相信，我的短裙因为我弯曲的大腿而失去了水准，我的脖子缺乏乳白色玻璃的感觉，我睁开眼睛时缺乏将男人坠入深渊的痛苦。我身上最轻浮的东西，就是有尘埃的风。事实上，我一点儿都不知道，那枚戒指有多少克重量，一克金子值多少钱。我属于戒指，不是戒指属于我。如果你们同情蠢女人，那么我将会更有收获。但这里不是合适的地方了。

一个老人在手里掂量了一下戒指的重量，用一面放大镜审视里面的印记。

这是金子，否则还能是什么，我说。

你希望要多少，两千元，行吗?

我不知道是否要卖掉它。

两千一百元，来，我们做一次生意吧。

您说得倒轻松。

那好吧，我再转转。

究竟多久啊?

嗯，就一刻钟时间。

那戒指就没了。

那就拿来吧。

那么快可不行。

我该出价多少啊？

您身上带钱了吗？

该死的，我的上帝啊，难道我得把钱贴在我的额头上吗？

一口价。

两千两百，行吗？你是希望卖掉东西，还是想钻到老爷爷的怀里？

我再考虑考虑。

那只小猫在找什么吃的？他嚷道。

我朝他那里看过去，只见他将放大镜塞进口袋，踌躇着离开了。与其空转一圈，还不如做成一次生意呢。在这个尘土飞扬的地方，在我面前没有任何一个陌生的老爷爷，穿着刚熨烫好的蓝条纹衬衫，可以让我钻到他的怀里。他的肚子、他的双手和太阳穴被莉莉那位军官借去了。那一天，球状的夕阳变得阴沉起来。

保罗的客人很多，他向他们介绍天线，分发分别标有布达佩斯和贝尔格莱德方位的手写纸条。我跪坐着，我的裙子完全跑到上面去了，我想把它拉下来，却是徒然。老人说得对，我就像猫看人一样，从下面打量保罗。保罗旁边停着那辆摩托车，有时候有人会碰到它。我等待着抽搐：它倒下，我又看到我爸爸去世。保罗为一架天线开价两千，以半价成交。保罗在一对觉得价格太高的年轻夫妇面前鞠了一躬：

那么，请一如既往地在布加勒斯特方向举起你们的心吧，祝你们愉快。

他擅长讨价还价，说话粗鲁，却又不冒犯他人。可我将我的沙滩帽随便给了一个牙齿脱落后有空隙的、有双下巴的人，我觉得体毛浓密的姑娘的手臂适合戴那些手镯，随便什么价格都行。在厂里，工资袋一月两次像是自动一样地来到桌上，是从一个陌生人那里寄来的邮件。每一个人将自己的钱塞进口袋，都没有核对一下就将信封扔掉。那里放着什么，是无法改变的，只有保持低调，才可以活得舒服。我急需钱，可不知道如何叫卖这些我希望尽快脱手的废物，好让它们转眼之间化为钞票。

那块场地的篱笆边上躺着一根混凝土管子。一名男子坐在管子的一头，将铁皮罐中的红葡萄酒倒进乳白色玻璃做的一个旧球形灯罩中，随后将酒一饮而尽。在管子的另外一头，一个人在爱恋中消磨时光，一个孩子坐在他的膝间，他在吻孩子的头发。两个人之间有一根管子断裂后冒出的锈铁丝。我在我的脑子里将我们三个人做了调换。那个带孩子的人喝完了灯罩里的酒，这事我也能做。那边拿着铁皮罐的那个人，差点儿吻到了那个孩子，可是他把学会的事情给忘记了。而像我这样一个在一根绳子上套着婚戒的女人，却从没有学过。这两个人可能比我更快地将戒指出手掉。尘土将土举到空中，这是走样了的一天。此刻，风就是卖出最后两架天线之前的唯一顾客。保罗眯起眼睛。

这是你的婚戒吗？

是否那个轻轻点头出卖了我，或者他早已知道，我在寻找一只小猫？

开价六千，他说，不低于五千。

一只苍蝇飞到了我的大脚趾上咬我，我用眼睛的余光看到了它，羞于打死它，因为我马上不得不说道：

我的婚姻不值那么多。

这是谁说的，你还是你丈夫？保罗问。

然后，我得上厕所去了，沿着那块场地的后面一头，来到两间小木屋那里。

那枚戒指放在这里吧，保罗说。

他想到这一点，他在关心我。他解开了我的手关节上面那根绳子的结头，我伸出手臂，就像孩子脱衣服时一样除掉绳子。不完全如此，因为薄薄的皮肤所在的地方，我的脉搏几乎就在他的双手上突突地跳着。他的双手面对的是结头，我面对的是触摸。当绳子的结头解开时，我繁琐地迅速穿上鞋子。保罗将我的婚戒戴在他的小指上，将它在天线上伸展开，让绳子的一头摇晃着，然后轻轻哼唱着一句押韵的格言：

吻着手指
小指上戴着金戒指
失去理智

这简直有点可笑，可他是当真的，有一个变戏法的人和其他人站住了。我一边走一边笑着穿越长长的队伍。在篱笆后面，在那块场地的末端，有一个被人遗忘的工地，宁静中显出一种危险。喇叭花、田旋花、蓼花在吊车、管子和破碎的混凝土之间攀爬。我感觉瞬间之后我有了一只迥异的手指。

发生纸条事件第二天，我被传讯，在行吻手礼之后，除了想到必须上厕所外，我再也想不到任何其他东西。阿布说：

请吧，走廊向左，最后第二道门，但别带着手提包。

我沿着走廊向左，不想急着赶过去，但也不能过分磨蹭。走过两道门，电话响了，返回的路上电话还在响，但没人接。内院里有一个加油站，两个用于柴油和汽油的分流泵，一台水泵。两辆灰色卡车，一辆挂着绿色窗帘的大巴，一辆小巴，一辆蓝色小车，一辆白色小车。还有两辆红色小车。在走廊的尽头，在门后面，有人在哭泣。盥洗盆上面有一块肥皂，两根黑头发粘在上面，下面的废纸篓里有一块沾满血迹的手绢。我的心都要跳到脖子上面去了，急急忙忙中悄然加快了脚步，我肯定提前回来了，没必要那么快的。

此刻，有轨电车打铃了，一只狗横穿马路过去，狗骨架很高，身上很脏，尾巴收拢着，爪子和半湿半干的淤泥粘在了一起。在这么炎热的天气下，他在哪儿发现了这条狗？狗口吐白沫，打铃是不值得的，它死了可以得到很好的照料，可以最终舒展自己的爪子。这样的狗越来越多了，站在门口的年轻人说。公文包男子点点头：被咬到的人，正好还有时间可以忏悔，就像我家那条大街上的一个孩子一样。白沫从他的嘴里吐出来，就像这条狗从嘴里吐出白沫一样。吐出像狗一样的白沫，无药可救了，狂犬病，一命呜呼。脑袋颤抖的老太说：那些狗被田地里许多化肥弄得变态了。那些田地施了化肥，可得到生长的只有那些胖老鼠、变成畸形的鸟儿以及疯长的草地。而其他一切东西发育不健全了，被上帝遗忘了。如果这样的一条狗咬了我，我该说什么好呢，你们年轻人至少还可以跑。几年前我还是跑得最快的人，我儿子那时还说过：你跑起来就像漩涡，慢点儿，慢点儿。你跑开会更糟糕，年轻人说。如果这样的一条狗过来，你必须站住才行，并且以沉稳的心态出现，严厉地看着畜生，犹如施加催眠术一样。如果一个人眼睛好，不过不是戴着眼镜才好，老太笑着说。哦，我亲爱的上帝，不戴眼镜我是无法区分尾巴和脑袋的。或许以严厉的眼光看着狗尾巴也是有用的，驾驶员笑道，必须试试看。不过最近我在公园里看到过一只鸟儿长着三只脚，老太说，我可以发誓，我没有撒谎，我那天戴着眼镜。我不想相信，就问两个年轻人是否真有其事。事实的确如此。那头疼怎么办？公文包男子问道。很糟糕，老太说，人必须忘记他的岁月，它们已经过去，可眼睛啊、脚啊、胆汁啊，它们记住了时间，然后一切都来了。驾驶员将衬衫的纽扣从上到下扣好。不过集市广场先到，他说道，我们马上就到了。

也就是说，你被拉向南方，阿布说，在这儿的歌剧院前面，也有喷泉和鸽子。可像你这样的姑娘喜欢橘树，她们在哪儿告终呢？哈哈，她们在哪儿告终呢？在钟点计时旅馆，在戴着粗大的金项链、穿着高跟鞋的银行抢劫犯那里，在那些患有化脓性丘疹的皮条客那里——他的面前握着那支嚼碎了的铅笔——他们的牙齿很长，小屌很短。

阿布也有这样一只很短的小屌吗？那个铅笔头就是标准吗？

我要是到了另外一个国家，我能从这个国家抢走什么呢？我问道。

少校用铅笔头在拇指和食指之间晃动着，轻轻地说着话，仿佛在自言自语我不该听到的话：一个不爱自己家乡的人，是不明白这一点的。而一个无法思考的人，必须要有感觉。

莉莉非常重视她那些男人的双手。不把阿布的手指拉过来，她可能就没法留意让自己的小手保持平衡了。在这儿的办公室里面，还能发生什么事呢？莉莉想必没有忘记将他约到城外或者已经约到城外，没有人能够经得住她的诱惑。如果心脏因为紧迫快要裂开来了，那就可以找一块地板、一张长凳、一点儿青草躺下来。阿布可能被莉莉美丽的肉体吸引而忘记了自己的头衔和理智。一回到自己那张大桌子旁，他重新成了少校，他在纯粹的怯生面前可能会首先梳头，为此在他的上司那里想到了很好的借口。他可能像我一样，不得不带着忐忑不安的恐惧心理撒谎。我应该向他表示祝福，而对莉莉表示不解。莉莉可能会用一双眼睛告诉我那是什么，对老年人而言，那些黑刺李子在这双眼睛里变得更黑了。剥开几只李子皮的秘密，脸上带着受人欢迎的烟草花对李子核保持沉默。我们可能彼此伤害了，我伤害了她，她伤害了我。可是，从外表看，我们完全可以舒适地一起坐在咖啡馆里。或者我们完全可以一起去散步。

这样我们永远无法结束，阿布说。

为了澄清事实真相，我应当写下我认识的所有意大利人。我已经对这种事实真相感到腻烦了，时间到了晚上，我不认识什么意大利人，说出来也还是白搭。他怒吼道：

你在撒谎。

他何以佯言已经了解一切了呢？某个人和他一样，肯定知道我没有撒谎。他逼迫我待在他案情里的时间越来越长，直至他下班。他伸出大腿，松开领带，头朝后一甩。他烦躁地梳头，看头发是否掉在梳子里了，然后将梳子塞进后裤袋里。他敲击桌子，站在我面前。他推了我一下，我的鼻子碰到了那张空白稿子，他从椅子上将我的耳朵向上拉，我的耳朵针扎般地疼。之后，他从我的太阳穴那里抚摸我的头发，它们在他的食指周围歪斜着向上转动，就像拉着流苏一样拉着我穿过办公室，直至窗口，再回到椅子上。当我重新坐在稿子前时，我写道：

马塞洛。

我咬住嘴唇，除了马斯楚安尼[1]和墨索里尼[2]之外，我想不出其他任何人名，他也知道这些名字。

我不知道他姓什么。

那你从哪儿认识这个马塞洛的？

海边。

哪个海边？

康斯坦萨。

你在那儿找什么？

港口。

很脏的港口，还有他。

他是一艘船上的。

那艘船叫什么名字？

我没看到名字。

没看到船，他说，但看到了他的制服。

他穿着普通的夏季衣服。

可他当过海员，这你已经料到了。

他说过。

阿布知道我在撒谎，于是强迫我这么去做，于

---

1 Marcello Mastroianni（1924—1996），意大利电影演员。是著名导演费里尼在银幕上的化身，是二十世纪六七十年代世界影坛的杰出演员。

2 Benito Mussolini（1883—1945），意大利政治家，是意大利国家法西斯党的首脑。

是我在孤独之中相信我自己。然后，他将嚼碎了的铅笔放到抽屉里，朝里面看了看又关上了，说道：

回家再考虑一下吧。到明天十点整之前，但必须十点整。给法国和瑞典的那些纸条确实也在那里。可能还有其他人也写了一些，因为全部加起来很厚。十点整。

给法国的纸条，这是我第一次听说。难道是内罗骗他吗？难道是有人第二次写了纸条吗？难道是包装车间的一个姑娘写的吗？难道是阿布在抽屉里放着，明天再把它们展示出来吗？难道是他在我走之前告诉我一些杜撰的东西，让我直至明天处于半疯状态吗？我的舌头冰冷，这件事永远没完没了了吗？

我重新走在大街上时，夕阳西下，一切都已经为夜晚准备就绪，城里的所有影子都已经躺下了。我的头上有着熙熙攘攘的人群，上面的头皮已经松软，头皮上面的头发上有风吹过。风是用来飞行的，交通信号灯是用来照明的，汽车是用来行驶的，树林是用来屹立的。那里面是有意义的，或者只是一种活动？我的舌头甜丝丝地穿过脑子，我看到有一个售货亭，想象自己饿了或者肯定饿了。我要一块罂粟籽蛋糕，从手提包里拿出皮夹子来。这时，我的手碰到了硬纸，这个硬纸不是我的。我走几步路来到一张长凳上，将蛋糕放在膝间，从包里拿出纸来。是包装纸里的一粒糖，黄灰色，它的两端被裹上了，里面有点硬，包得很松。我打开小包，使劲地看。我看到的，不是香烟，不是树枝，不是香菜，不是鸟的脚趾，却是一只有着深蓝色指甲的手指。我将它急忙塞回到手提包里。在售货亭的后面，光线透过木板裂缝漏泄出来，我把那块罂粟籽蛋糕举到嘴边，仿佛我在喂一个女病人。那家售货亭渐渐向我靠近，光线向前移动。我慢慢咀嚼着，糖粒在我的额头上沙沙作响，我什么也不想，或者一切突然间和我毫不相干。我曾经真的很健康，一个体弱多病的人在吃那块蛋糕，她认为必须吃，并且为了自己的性命而吃。我也在拼命说服她，以至于她觉得味道不错，直至我的手里不再有罂粟籽蛋糕。然后，我将手指包在包装纸里，重新将两端裹上，但里面被我拆分开了。为了赶走死亡，一个人有时候会喜欢上它，它可以冒险向前，探询某一个日子，如果这个日子还没有被封锁在阿布的日历本上的话。售货亭保留下来了，长凳上空无一人，我不停地走。

我看到瘦的和胖的死神在城里寻找我的日子，他们有的留着一头浓发，有的头上戴着小花环，也有的是光头。我看到他们的衬衫上系着或者敞开着纽扣，裤子有长有短，有凉鞋和低帮鞋，有拿着塑料袋、手提包、网兜的，还有空着双手的。行人以完全不同的方式帮助死神寻找我的日子。

我渐渐靠近那五根路灯杆，朝废物篓看去，有两只半空着。人一扔完垃圾，就漫不经心地离开了。那只手指的指甲是黑色的，手指皮肤和冷塑料薄膜混淆在一起了。这只手指放在我的手提包里有多久了。偏偏是我应该把它扔掉。夏天的沥青有种热焦油的臭味。罂粟籽蛋糕、夜晚的空气、芦苇、河边的柳树丛令我恶心。河水渗透到树丛中，发出咕嘟咕嘟的声音，但还不够深。三两行人出现在夜色中，他们到另外一个方向去了，他们头朝下，一人成双，一对成了四人，向另外一座大桥逆流而行。而在大桥的栏杆上，曾经放着那只装满废纸的箱子，现在这个地方放着手指。我尽管不想过去，可还是走了过去，将那只小包举到水上的位置，随即扔进水中。小包里是纸，已经展开。河水让步了，来回摆动着，不想把它吞吃掉。河水更喜欢的可能是整个人。我对这一只小手指已经感到厌倦，我也不知道，它是谁的手指。是整个人，还是仅仅他的手指死去了。

阿布从没有提起过那只手指。我也没有。第二天十点整，这种健忘苍白而恶意。在每次行吻手礼的时候，这种健忘在眨眼睛，直至今日。自从手指事件发生后，我在阿布那里再也不上厕所了。

那种恶心使我变得温柔起来，唯有我想以此感染他人时，我才会变得如此坚强。我向一个人谈起过包装纸里的那粒黄灰色糖，那个人是莉莉。和阿布见面三天后，那是我重新回到厂里的第一天。谁也没有问我上哪里去了。内罗以幸灾乐祸的目光、煮咖啡、透透空气和叠纸来打发时间。我本想对他每天下午将那些围成半圆形放在书桌上的纽扣样式提出看法。可我不能说白色纽扣像牙齿的珐琅质，棕色纽扣像半个胡桃壳，灰色纽扣像雨水在尘土中一样漂亮。

下班后，我和莉莉坐在咖啡馆里，直截了当地谈开了。我完全去除了表皮，开始进入核心。莉莉用食指将一束发弄弯曲，从我身边拉开那把椅子。悄悄地，她以为，可那里有了缺口，我又不是瞎子。

她问我话的时候，就用那一双恶意的小眼睛对付我：

你肯定这是一个人的手指吗？

固执冷漠的烟草花，她不希望被恶心腐蚀掉。我的手在桌沿变成了拳头，然后将食指伸出放在桌子上。

嗯，这是什么？

把手指收起来，她说。

有可能会搞混吗？

我看到了，把你的手指拿回去。

你看到什么了，一支香烟还是鸟的一只脚趾？

我必须说吗？难道我相信了，你才满足吗？

哦，对了，请你相信我。你如此仁慈，我的运气真好。

因为我也如此仁慈，也不想再折磨莉莉，因此我收起手指，也没问她究竟是什么意思，是否一只猫在垃圾桶那里吃了一只手指。我也没问，指甲在多长时间之后会变黑。我也没告诉莉莉，我是多么担心毛地黄，它们带着又高又长的梗茎在院子里开花结果。至于我因为讨厌罂粟籽蛋糕，已准备好将阿布的小包还给他，这点我也会记在心上。而且我相信当它漂浮在水中时，他会在明天上午十点整把它要回。

去年冬天，我在工厂旁边的饮食店里购买了一小瓶酸黄瓜，莉莉说，分两次吃完。我用叉子从瓶子里捞出剩下的黄瓜。叉子上有一根黄瓜，然后是一只老鼠。这难道不比一只手指更恶心吗？

这只老鼠可是自己跑到你的黄瓜里去的，我说。如果是罐头厂某个人故意把它放进瓶子里，那也不是冲着你来的。每一个人都有可能买到那些黄瓜。

每一个人都有可能，但是我买到了呀。

仿佛想要为阿布辩护似的，莉莉抚摸自己脖子上的头发。这时候，她的头发鼓起来了，我们沉默着，彼此抬起脸，但没有抬起眼睛。莉莉冷不防说道：

明天我一定得把电费给付了。

我和莉莉往往一不在意，就会沉默很长时间，这已成为一种习惯。而当其中一个人重新开始说话时，她就会随便说点什么。只有彼此熟悉了，才会出现结束手指的话题之后谈论老鼠，老鼠的话题之后是沉默，沉默之后再谈起付电费的事。继续说话，谈论一些刚才没谈过的话题。额头和嘴巴在脸上也尽可能各自为政了。

跳蚤市场的小木屋旁，排着两排长队，一名年轻警察在提防有人在篱笆外面大小便。第一个厕所没有人，那是没有门的厕所，但排队的人有两排。从第二个厕所那里走出来一名男子，双手拿着一扇门。他将门递给一个人，那人在第一个厕所前小跑了一会儿，然后背对着前面走进去，并把那扇门放在前面。直到这时候，解完手的那个人才将裤子搭扣扣好。他的鞋子被溅湿了。

你们为什么不让他先进去，一个戴墨镜的女人问道，他可还是个孩子呢。一个穿短裤和凉鞋的男孩拉起她的连衣裙在哭，她打他的双手：

别碰我的连衣裙，别哭了。

你就让他哭吧，有一个人说道，他就不会老是拉到裤子上了。

他从裤袋里拿出一盒火柴，在孩子面前叮零当啷地晃荡着：

这个我送给你。

孩子摇摇头。

你叫什么名字？

糖果跳蚤，孩子说。

你又不叫糖果跳蚤，那名男子说，叮零当啷地摇晃着那盒火柴。然后他对那个母亲说：

别害怕，那里面只是香瓜子而已。

女人抓住孩子的脖子：

嗯，那你告诉他，你叫什么名字。

孩子抬起手臂，挡住自己的脸，可为时已晚，尿顺着他的大腿流到了他的凉鞋里。我掉转头，回到保罗那里：

我拿不到那扇门。

他懒洋洋地坐在摩托车上，最后两根天线已经卖掉。他将空绳子扔向空中。

你想说什么？

保罗将我卖掉戒指所得放进裤袋，那里很安全。他和我一起过去了。小木屋那里始终排着两排长队。那扇门是一块薄板，和一张桌面一样大小。苍蝇在飞舞，等候的人在争执，露出了他们金色和黑色的臼齿、烂牙以及牙齿脱落后形成的空隙。保罗挤到前面。他们开始协商起来：

你拿我的门。然后我拿。然后他拿。

又有一个人解完手，拿着门出来，可原来协商好的规则已经作废。很多人都急于用厕，于是有人喊叫起来。那名警察倚靠在篱笆上，吃着饼干，然后用一把红色塑料梳子的梳齿从拇指到小指依次清洁他的指甲，现在还是高峰时间。

别嚷嚷，他叫道，连看都不往那边看。

请您帮帮体弱者吧，一个留着马尾式头发的女人说，我怀孕了，无法再站立了，我的脚都要断了。

你哪儿怀孕了？一个老太问道，看了看警察，你是屁股里生孩子的吗，你根本就没有肚子嘛。

我不是裁判员，警察说。

怀孕的女人说道：伟大的上帝啊，生个双胞胎都要比拿到这扇门更容易。

双胞胎要比两只木脚漂亮，警察哈哈大笑道，我会让你上得到厕所的。

他将梳子塞进夹克衫里，将一块饼干放进嘴里，站在有人在用的厕所前。

好吧，不管是怀孕还是没怀孕，现在她得拿到这扇门了，她站在那里已经好久了。

怀孕的女人答应保罗到时会将她的门交给他。她从厕所出来，松开那块薄板，没看清楚谁的手在上面拉扯。保罗后面的那个胖子挥舞着，骂骂咧咧说这是他的门。保罗一直盯着那间厕所，当那扇门从里面开始晃动时，保罗一把抓住门拿走了。

嗨，不要在祈祷中，别那么快，胖子说，在那茅房里人们将受到上帝接见，外面的魔鬼已经走了。

受到上帝接见，警察说，说不定受到驴接见呢，它长着你那张脸，进了茅房。

保罗将我推进小房间，将薄板挡在前面。那里面没有屋顶，老天派来了他那些纠缠不清的绿苍蝇。地上的洞眼上面有两块脏木板，用来放脚。这里很容易滑倒，我在寻找两个干地方。墙上用红油漆写道：

整个人生糟透了

我只能在上面拉屎

我听见外面有人在吼叫，其中也有保罗的声音。在这里面，人们可以得到悉心照料。人们不可能比脚下的臭屎更差。那个胖子指的上帝，难道是说人们在这里面会被恶臭熏死吗？我做了一次深呼吸，我不着急，尽管有滑倒的危险，但我还是闭上了眼睛。只有到了外面，我才成了一文不值的东西。我在保罗旁边走着，在那片场地上，由人和破烂东西组成的队列已经散开。烟蒂被踩在有波纹的鞋底的图案中间。灰尘飞到了我们的脖子里，我真得感谢这扇厕所门，我的舌头没有伸出嘴。我的金子卖了六千元，在不值钱的东西里面无疑是一大笔财产了。灰尘和我们的脚有着同样的路线，跑到前面去了。风悄然而至，飞出长长的环线，然后倒下了。那些碎纸片和旧衣服都落进那片场地周围的铁丝网篱笆里了。保罗将那条防水布折叠得越来越小，直至变成了一只蓝色公文包，他将它夹在摩托车的货架上。然后，他在手上清点钱款，我的两肘全神贯注，并且顺从着，保罗往自己手上吐唾沫。他清点钞票，我等着他的手指出错，他可以从生意中回到我的身上。

我的水球和胸针还一直在那张报纸上，没有人问起过这两样东西，我想走了，把它们丢在这儿算了。保罗将水球吹了起来，向空中一抛。它从我身边飞走了，宛如一个被切了皮的西瓜，摆脱了地面和肮脏的星期日。它不再属于我的时候，是多么漂亮啊。而我真希望自己迅速跪下，用眼睛大笑，用嘴巴哭泣。这是我和保罗第一次错误的幸福。他在场地中间问道：

一个口袋鼓鼓、内心空虚的人能够在星期日干什么呢?

他捡起那只胸针，就往裤腿上擦，胸针上面是一只玻璃制成的猫，用铜丝缠成，胡须弯曲着。他把胸针别在衬衫上。当他将摩托车推到自己身边时，它的胡须在颤动，它开始呼吸。

如果你愿意，我们到森林狩猎场去，他说，我们可以坐在那里外面，在饭店里，如果你愿意。

如果你扔掉猫，我说，你看起来就像是一个游手好闲之徒。

这我不相信，他说，可是他将猫抛到了身后的尘土中，恰好从一名男子身边穿梭而过，那个人只是稍稍抬起眼睛，迈着晚归人的大步走到了出口处。

他岳母的鸡汤在等着他呢，保罗说，不用急，鸡汤反正已经冷了。

他在这个大风和尘土飞扬之地将我的婚戒卖掉了，他会不会认为我是一个慷慨的轻浮女子，可以和这个人一起挥霍钱财呢。森林狩猎场那里的小植物园，以及几个拉丁花名，那是我和我丈夫以及他父母一起散步时认识的。我当时住在他们家里，在楼下的院子里。从院子的小路可以直接进入房间。

冬天的时候，煤气炉不是将暖气，而是将冉冉上升的烟雾吹到天花板上。从春天一直到暮秋，蚂蚁线沿墙和窗框分布着，房间角落里和抽屉里是一堆蚂蚁，桌上和床上都有忙碌不堪的独行者。厨房里也有。我的婆婆分汤。每当她的丈夫将盘子推过去的时候，她会用那把大汤勺在锅底晃动很久，像是在寻找蔬菜似的。她将蚂蚁搅到边上。可尽管如此，还是有几只蚂蚁到了她丈夫的盘子里。他用调羹将蚂蚁捞到边上，仿佛这是一件很不寻常的事。

它们又是从哪里来的呢？

我的婆婆说道：

别激动，那是胡椒。

如果这是胡椒，那我就是夜莺了。

这是磨碎的胡椒粉，我亲爱的。

从什么时候开始胡椒粉长脚了，他问道。

和丈夫分居后，我带上两袋子衣服和不值钱的家什搬了出去。发生大桥事件之后，我再也不使用箱子了。我丈夫后来将从喀尔巴阡山上弄来的石头送到了我的家门口，石头放在一只塑料袋里。我本来已经忘记了石头，可现在它对我的胡桃非常重要。我感觉自己没有了年龄，在自由和孤独之间大多无法区分我是怎样的一个人。独身既不是一种负担，也不是一种乐趣。除了在结婚的三年里我有两年时间独处太久之外，我并没有感觉有什么好遗憾的。我把头发剪短，购置了衣服，并且分期付款为新租的房子买了床上用品、冰箱和两条毯子。我本想在这个崭新的时代为我指明方向时迅速改变自己。莉莉真的从来不需要变样子，她的鼻子不用打扮，因为一朵冷漠的烟草花不可能出什么事儿。当爱情结束的时候，她的脸上写着欢迎。对于感情的浪费，莉莉知道自己负责其中的一部分，但她也知道，马上还有其他两只眼睛，正怀着渴望注视她。我想依靠双手改变，但这双手需要皮夹子，皮夹子里需要大把的钞票。我立即购置一切，未经深思熟虑。和现在相比，我当时烦恼很少，那是纸条事件之前的时光。我用两三个下午就将工资挥霍殆尽，然后问人家借钱。不仅向内罗，而且也向只有一面之交的人。借来的钱也从我手里溜走了，那些衣服也早已不知去向。早上，我来到办公室，首先将一面小镜子放到书桌上。我在纽扣清单之间不停地看着自己。内罗一天天越发表扬我。将头发剪短不是每天都可以做的。重新证明我现在挺好的，唯有新衣服了。

至少它们比我的脸新一天。当然我想到了债务问题，可是买得却更勤了。激动不安的大眼睛，只是我觉得我的喉头周围很窄小。这种瞬间的欲望总是比我的于心不安更强烈。在商业街下午的阳光下，人们纷纷转身注视莉莉，因为她美丽动人，然后注视我，因为我和她手挽着手，并且大声地唱道：

那棵树上有一片叶子
茶里有水
钱里有纸
那颗心上有一片错掉落的雪花

我们扮演醉酒者的角色，我跌跌撞撞地走路，唱着歌，莉莉跌跌撞撞地走路，笑出了眼泪。直至我说道：

一件连衣裙不会有债务，一双鞋子也不会。我也不会，但钱带来债务。在有些人那里，金钱会重新长出来，正如胡子剃过后重新长出新胡子一样，可我，我总是秃头。如果钱到了我的口袋里，那我就有了什么。然后，突然之间我又什么也没有了，因为它已经到了商店的钱箱里。可是钱在那里的价值和原来的一模一样。它真的就在那里，我也看到它了。可我身上没钱了，只是因为它和我的口袋之间有着二十公分的距离，你明白吗？

如果一个人老了，钱就会积聚起来，莉莉说，你希望因此而老吗？哦什么，谁也不会因此坐等在借你的几张钞票上。你又不是永远离开了。

我的虚荣心最近无法满足的是，莉莉将独立性搞错了。我没有离开。没有从厂里离开，可是在我的理智面前，在额头上那只铁玩具娃娃面前离开了，在除夕之夜结束时，那只玩具娃娃和桌布上那个锈蚀的安东尼圣像相似。

只要我住在公公婆婆家里，一旦我站在院子里，那种担惊受怕就会攫住我：我公公在几分钟之内嫁接的犬蔷薇，每年夏天都会带着一团丝线开花。它们在重新生长的林子里绝不会旧病复发。在我看来，蔷薇嫁接就像在臀部进行脸部手术。我将各种各样的鲜花放进房间里，但从没有放过一朵嫁接的蔷薇。谁知道它在剪切的时候是否就不会发生一点变化呢。分居后我千辛万苦可以改变的，也只有叶子了。在婚姻生活漫长的争吵之后，那种谁也不对我大声嚷嚷的日子来了。每天我都离那些人远远的，逃离了所有人的目光，就像被关在一只柜子里，希望不会改变。那种变成粗野的孤独寂寞的禀性在我身上停留，然后在我妈妈那里爆发之前消失得无影无踪。之后，当我最近一次去看望我妈妈时，她孑然一身待在自己的房子里，毫无秘密地站在我面前。而且我也没有怜悯之心。和她不同，我没有放弃这种禀性。我没有那么固执己见，尤其是我开始自己的生活没有她那么晚，她的一切都已经死亡，而我又离她远远的。仿佛我是母亲，她是孩子，我很早以前就从她的迁就中注意到了。在窗口的光线中，她因为变疯而陌生，在摆放餐具的架子上因为离开而熟悉，于是，她在房子里溜达。我明白，这种禀性是为未来生活而准备的，遇见它时我还太年轻，那是太早了。

我在一个始终微笑的瘦削男子那里租房子住。他的微笑似乎就是他的脸部特征，没有外表。从后面看，他的肩膀拱起，从前面看，他的锁骨凸出，如果他为了租金而来的话，那么就有一只鸟笼站在我的门口了。他的脸上皮肤透明，好像一擦拭骨头，皮肤就会撕碎一样，脸上虽然没有皱纹，但他的年纪已经很大了。我第五次许诺给他租金，并请他进房间喝杯茶。他表示拒绝，点点头，尖叫着，我在问自己，那只鸟头还能忍受我多久呢。他是否不生气了，因为如果他一激动，他的皮肤就会撕碎。

这种凄凉的孤单寂寞肯定不适合我。但我和内罗之间存在的，是一种背运，我在他的憎恨中摸索着行走。我和内罗出差到多瑙河和喀尔巴阡山之间的一座小城，为期十天。他安排了这次旅行，可以选择想和谁一起去，然后推荐了我。出门几天，正合我意。在纽扣中心，正如工厂所在的小城被称呼的那样，我想象不出有什么吸引我的地方，不过更让我失望的是由十排一钱不值的房屋组成的不毛之地，被长满了青草的混凝土预制构件和基坑包围着，那里不再继续建造，也不再被清空。因为是本国最大的纽扣厂的缘故，那地方也不再被命名为乡村。三公里长的沥青马路曲曲弯弯，从宾馆一直通往工厂大门，中间经过荨麻地。风，黑绿色地一张一合，仿佛人们在游泳似的。每天清晨，我们在这条时隐时现的马路上溜达。到了第九天，我差点儿也迷路了，荨麻地高过我们头顶。内罗不是第一次到这里，他就像熟悉纽扣厂一样熟悉这里的荨麻地。我们的鞋子被灰尘和露水弄脏了。到了八点，我们在大门口用内罗的手绢清洁鞋子，然后带着清单和织物图案在办公室和车间之间来来去去。下午五点，由塑料、珠光、兽角以及用两孔、三孔和四孔线制成的纽扣，还有带柄的包上亚麻布和丝线的纽扣，我都看花眼了。纽扣货源充足，就像制药厂里的药品一样。人们完全可以拿它们服用，比如每天饭后服用三次，装在盒子里，派送到药房，而不是送到需要缝制的服装厂。下午，那条荨麻路和上午一样黑绿色。露水干了，灰尘白了。小鸟在啁啾，谁也不知道它们在哪儿啁啾，它们不在空中。在回宾馆的路上，我们谈论旺季纽扣、价格和交货期。

从宾馆的前面房间可以看到二层红楼火车站。轨道旁边的一根桩子旁，一只白山羊在吃草。在它的绳子围成的圆圈里，它吃了蓝菊苣和晒干的青草。或者它只是站在那里，盯着那些轨道看。夜色吞没了土地、桩子和绳子。那只山羊仅仅成了一个闪光的斑点。在山墙最上面的地方，车站大钟的表盘在闪烁。

现在，我是第二个夜晚从床上朝那只大钟远望。货车横穿天空缓缓行驶着，要想睡觉根本是不可能的。从第一天开始，时间在这里值班，也包括在塞满了列车的夜晚。如果恰好没有火车过来，那么走廊里声音嘈杂、吵吵嚷嚷的，大家都在说俄语。我是第二个夜晚把很沉的磨砂水晶玻璃花瓶放在枕头下面，以防不测。自来水闻起来有股氯气的味道，氯气闻起来有种我丢失了的睡眠的味道。我不到口渴就喝水，只是因为我必须起床然后重新躺下。晚上，我们在饭店里吃饭。我们的圆桌旁边有一张靠墙的宴会用长桌。我数了一下，这张桌子四周一共坐了三十四个小矮人，他们颧骨宽大，黑眼睛、黑头发，穿着灰色面料的夏季西装和无领白衬衫。

您只要愿意坐在一张桌旁就行，服务员说，向人们提供意见，如何在骑马时小便，用镰刀缝补纽扣。一家阿塞拜疆代表团，在这里的纽扣厂进行一周的经验交流，然后再进行一周的友好访问。

哪儿？我问道。

也是在纽扣厂，他说，递了个眼色。友好访问从第一天就已经开始了。自从他们到了这里之后，纽扣厂的五个姑娘午夜后来到底楼后面的房间里。几个门口前人群拥挤，门后面有人像风笛一样在长吁短叹。如果听到这种声音，就是有人滑倒了。有一个人在大声地擤鼻涕，还有一个人在上楼。小宝贝们将在这座小城诞生，我要跟您说，他们将是腐化的扁鼻子的亚裔混血儿。

总是只有同一个人在长桌那里讲话，语句生硬、语速快捷，他骂人时似乎脸上不露愠色。其他人在倾听，偶尔大家哄堂大笑，包括刚才还在骂骂咧咧的他。他经常往我这儿瞧。我就让他看着，因为我没什么更好的事情可做。内罗和我又检查了一遍旺季纽扣。我本来很想对阿塞拜疆人评论几句，可当我说他们一共有多少人时，我听见内罗说道：

人数不用清点，他们会注意到的。

那么，为什么就不应该清点呢，他们不是在嘛。荨麻地或者车站山羊很可能越来越不会让人感到困惑了，可内罗对此连看都不看一眼。我感觉内罗休息得很好。那么说他可以在列车的噪音下睡觉，我想，他和那头山羊。一个嘀嗒嘀嗒的人，为了白天能够工作，他在夜里睡觉，这样的人是适合出差的。这次旅行的原因从第一天起就很可笑。从荨麻路那里订购纽扣，看了那儿的纽扣真叫人眼馋，自己厂里所谓衣服堆成山，真是小巫见大巫了。到了第三天夜里，我从十一点开始重新对着车站大钟张望了。那时已经凌晨两点了。火车在远方沙沙作响，像树叶发出的声响，继而像空中的铁丝，最后在脑袋里爆裂。然后，寂静受伤了，犬吠声不断，直至下一趟火车驶来。我的脑子都要裂开来了。刚好没有火车时，我听见房门口有人敲门。我拿起枕头底下的花瓶，嚷道：

Paschjol Towarisch[1]。

是我。

内罗穿着睡衣、赤着脚站在门槛上。

我已经敲了一会儿了。

我还以为你能睡得着觉呢，在这个车站我是没闭上过眼睛。

他双手抱头坐在床上。我打开窗子，看到黑暗中进入睡眠的山羊的斑点在闪耀，红色信号灯在大钟后面很远，最外面的地方有一只绿色信号灯。内罗躺下了。

我是因为你的缘故才睡不着觉。

窗户开着，我们盖上了被子。我知道，此刻，就像火车行驶在铁轨上一样，我们饥饿的呻吟声来了。我没什么好反对的。在这个不毛之地过了一天

1　俄语“滚蛋，同志”的德语音译。

一夜之后，我已经准备好了，我原本是要用手里的花瓶迎接任何一个阿塞拜疆人的，可然后就把它抛在九霄云外去了。内罗喘息着，抓住我的乳房，我们赤身裸体地躺在一个车站边上，他说这是爱情。让他说去吧。

随它去了，我可以在出差结束后表示反对。在我这里感情可能还需要时日吧。

内罗每天夜里约莫十一点过来。天花板上的灯已经关闭，盥洗盆上的白炽灯还亮着。脖子弯下来的时候撞到肩膀了，弯曲的胳膊和大腿的线条变得晕头转向了，两只白色眼睛被迷住了，这就是内罗。其他一切都在黑暗中。是什么折磨这个城市不毛之地，它就应该为爱情做好准备。他整个夜晚都想要我，他的肉体和他的脑子已经融为一体，在人们没有任何想法的地方相遇了。我失败了，我因为无法忘记我身在何处而呜咽着。我朝车站大钟望去，它也向我回望。我的脑袋就像山墙上那只大钟的表盘一样铮亮。就我而言，我完全可以不用走抵抗不毛之地这一步。如果要走这一步，那就和一个阿塞拜疆人。他可以缩短我的夜晚，一个夜晚或者所有即将来临的夜晚。可是在饭店里，在长长的桌子边，我可以不认识他。每个晚上，我真的觉得自己好像在吃晚饭时在三十四个同样的纽扣之中寻找特定的一个纽扣。因此，每一个晚上也可以来另外一个人，从外表看根本没有任何区别。如果有区别，我也只能从他的行为中注意到这一点。难道他们在床上也是一样的吗？出差过后，我完全可能再也碰不上睡了十个晚上的那个男人或者每个人只睡一个晚上的十个男人。内罗和我有了开始，我不是教唆犯。每天夜里大约两点，我打发他回自己的房间。甚至最后一个夜晚也是，他走了，尽管不高兴，但为了不让我扫兴，还是乖乖地服从了。

回家前的那天清晨五点，山羊在那个桩子周围漫游。我给了它一只面包。它事先不嗅一下就吃了。我刚进车厢就睡着了，补上所有夜晚睡眠的不足，听不到任何轰鸣声和我周围的任何响声。当火车进站，内罗叫醒我时，我的脑袋正靠在他的肩上。怎么会这样呢？我们走进了这个城市嘈杂的早晨，一直走到了汽车站。内罗一只手提着他的包，我在我们之间提着自己的包，因此他无法用那只空手搂住我。早在那座红色车站前，当山羊在寒冷的清晨吃着面包，内罗披上他的夹克衫，我就知道：时间很多，还会再来，但爱情不会。

还在我们回家之前，我在办公室里就谈起了未来的日子：

不，我不会一起回你的家。不，你也不要到我家里去。

为什么？内罗问。

十天或者三年，男人总是需要一个理由。内罗说，没有理由是绝不可能的。和我丈夫分手后，我希望过一种和我的短发相符的生活。只要还足够年轻，我就要到一个出口服装能到达的美丽国家去。我想拥有这样的衣服，更漂亮的衣服是值得的，我想拥有一个可以给我购买衣服的慷慨大方的男人。在园圃干活的三个姑娘嫁到了意大利。我的公公向她们打听过情况，在家里向我们介绍如何大获成功。希望寻找这儿姑娘的男人，大多是单身汉，事业有成，等到母亲进入了坟墓，他们才过来相亲。这些绅士个个和颜悦色，却拖泥带水，从他们身上无法区分亲切关怀和痴呆行为，这些男人处于第二春，身体保养得很好。为了摆脱自己的处境，或许我还得提一下莉莉的爱好。人未必很漂亮，只要健康就行。而且外表要朴素。申请两年后才允许结婚。人们将裸露的屁股拉进一个家的地方。人们使用刀叉，运气好一点儿的话，甚至还是银制刀叉，桌上放着大理石花瓶。我想花上两年时间，直至一切准备妥当。我想到意大利去，这和他一点儿关系都没有。

你不是理由，我说，你本来就不是这个意思。我也不是，我们曾经出过公差而已。

他的脸凝固了。然后，正方形的眼珠在闪烁。他伸出手来，给了我一记耳光，动作要比他煮咖啡、系鞋带和削铅笔更熟练。耳光打中了，我的头在嗡嗡地响着。我笑了，尽管我已失去了笑。不错，我的头掉到门框里，可能是合情合理的吧。只是一周后他拿那些意大利的纸条告发我，是不公正的。至于他为了让我解雇，还拿自己写的然后塞进后裤袋里的瑞典的纸条押宝，那是在置我于死地。另外那些法国的纸条……

老太太，我们现在到站了，驾驶员说。老太只是得站起来，脑袋十次、十五次地颤抖着，然后她到了门口。那些桶在后门发出当啷声，鞋子发出啪嗒啪嗒声。我也很想在这里下车，买点儿东西，买一只论个儿买的苹果，这就不必排长队了。如果很快的话，我还能赶上这趟有轨电车。马上就九点了，但还不到十点。阿布可不会看到我的口袋里有一只苹果的。这是一只草绿色的夏季苹果，尽管以前的苹果大多生虫，像胎痣一样脏得不得了。往苹果上面一咬，汁液冒着泡沫漫了出来，集中到了嘴边。这样一只苹果和这件仍在生长的衬衣很相称。我可以在车上吃掉苹果，或者下车后马上吃，在十点以前就行。我也可以把苹果放起来。如果阿布留下我，我就要很长时间吃不到东西了。可是，如果苹果弄坏了胡桃，而这又是阿布留我下来的责任，那该怎么办呢？我想到如果真饿了，口袋里的苹果可以和牙具放在一起。我会不情愿地吃掉苹果，我根本不可能那么饿，所以我不会感觉苹果的味道很好。公文包男子从座位上一骨碌跳起来，走到驾驶员那里：我也要赶紧买一下阿司匹林，你在这里再停一会儿。不要太久，驾驶员说，我也想买点西红柿呢，但我们已经晚点了。如果你等着，我给你捎过来，公文包男子说。驾驶员打开瓶子：不，下一班车开快点儿，我自己就有时间了。他在喝之前，用手擦了擦瓶口，好像上一次是另外一个人喝而不是他喝的一样。

那个星期日，和保罗从跳蚤市场回去，我一生中第一次坐在一辆摩托车上面，我脑子里翻江倒海似的无法平静下来。马路曲里拐弯的。在市中心，分散的大家庭陆续离开教堂大门，前进的步伐缓慢。在歌唱和祷告之后，成年人彼此之间有许多话要谈，孩子们又可以放声大笑和蹦蹦跳跳了。一位穿着黑衣和白色长统袜的老太，像穿越山谷一样穿越梧桐大道，嚷道：

格奥格阿娜。

可是没有人到她那里去。在几棵树远的地方，一个姑娘站在垃圾桶旁，脑袋中央系着一个红色蝴蝶结，她用红色的漆皮皮鞋敲击着沥青地面，唱着一支歌。成年人一边进行例行的谈话，一边继续向前，有一个小孩没有继续朝前走，那个老太就站在这些成年人和那个小孩之间，不知道自己该干什么。我在车上回头张望，直至脖子转不过去。黑衣消失了，摩托车的嗡嗡声穿过我所有的手指。

在爸爸的一生中，每逢周日，他都会去教堂。如果妈妈、爷爷和我不同去，他就会独自一人过去。在回家的路上，在公园后面的酒馆里，他就会站着喝上一杯白酒，抽上一支外国香烟。整一点的时候，他就会坐在桌旁吃午餐。甚至在最后几年，连他的骨头都充满罪恶的时候，他也去教堂。如果我处在他的位置，身上有了一大堆的罪恶，我就会待在家里不出门了。我无法想象的是，他每周日向上帝许诺和那个长辫子女人分手，可他就在那里约好第二天和她见面的时间。我已经观察到这一点：每周一，长辫子女人来到集市上，没有把孩子带上。因为到了星期日，正如我爸爸在他妻子旁边计算还有多少分分秒秒一样，她也在她丈夫旁边计算离他们两人见面还有多少分分秒秒。每周一晚上，既没有上帝，也没有魔鬼可以不让这两个人彼此靠近。每周日吃午饭的时候，我们桌子上有两只鸡，如果有剩余，我们就放到晚上接着吃。我爸爸在吃两个鸡头上的鸡冠，因为他每周一需要它们才能完成自己的罪孽。我和爷爷分享脑髓，好让我学会像他一样沉默寡言。可能我爸爸向上帝祷告允许他犯下罪恶，可上帝应该知道，我妈妈那里没发生多少事。耶稣悬挂在教堂大门旁边右侧，在齐嘴的高度上，便于高个子来来往往时吻他的脚。孩子们可以从臀部那里被举高。只要有必要，我妈妈或者爷爷就把我举高，我爸爸从不。耶稣没有脚趾了，所有的脚趾都被吻掉了。

我还是孩子的时候，爸爸就对我说：

这些吻会留下来。如果一个人死了，站在最后的审判面前，它们就会在他的嘴边发出光芒。那个人被认出来了，于是进了天堂。

它们会发出什么颜色的光芒呢？我问。

黄色。

那么我们给出的吻呢？

它们不会发出光芒，因为它们没有留下来，他说。

每一个居住在圣特奥多尔教堂附近的人，嘴里都含有耶稣脚趾上的一点儿灰尘。当我想接替那个长辫子女人，不让我爸碰她的肉体时，我就希望她的吻也能留下来。在最后的审判面前，她的吻在吻脚趾中间发出黑色的光芒，并且出卖了那个骗子。

莉莉有次说，她母亲不再去教堂了，因为现在的弥撒是以给国家领导人祈祷开始的。

那多好呀，我说，可是她的丈夫每周带着自己的老骨头到报刊亭边上的那个聚会地点去，她因此可以活下来。

她可以，莉莉说，因为她必须。

尽管我和保罗已经在森林狩猎场里坐了一段时

间，但我的脑袋还是被旅途中的景象淹没了。在穿越森林的最后一段路程时，沉重的树枝砸到了我的头发上。树木发出绿色的轰鸣声，整个天空由树叶构成。我缩进脖子祈求道：

别那么快呀。

保罗将他的椅子靠近我的椅子那里，嘴里含着啤酒白沫吻我。我由于晕车而一直迷迷糊糊的，现在又来了这个吻。我的心跳跌宕起伏快要撑不住了。我想明明白白地待下来，只是幸福不给我任何时间。一个脏兮兮的有旧货和有众人的跳蚤市场，除了金钱之外，我本不希望从它那里得到任何东西，可它竟然可以给我带来幸福，我明白这一点为时太晚。幸福在脑子里不需要时间，而只是需要好的机遇。我的手指一会儿在保罗下巴下面温暖的脖子上，一会儿在冷冷的啤酒瓶上。由于彼此之间了解不多，虽然谈了很多，但我们大多不是在谈论我们自己。保罗喝了六瓶啤酒，等到傍晚时分，以家庭为单位的人们来到林场，他还能继续喝下去。在居住小区吃过午饭之后，他们想趁下周被关进工厂之前，还能将天空映入他们的脑海一会儿。一对中年夫妇戴着很粗的婚戒，戒指上面很时髦地刻上了花饰，他们在我们的桌旁占了两个空座位。

我最后一次问你，女人说。

我不知道，男人说。

那么是谁？

又不是我。

为什么不是你，你装作自己不笨的样子。

别在说话的时候吐唾沫，上帝，我已经忘记这事了。

你早在出生的时候，就已经忘记你的理智了。

是啊，否则他就不会到你的小脑里去了。

而是到你母亲的土屋里去了。

是你需要，我亲爱的。

你亲爱的，另外一个女人可不会要你。

哎呀，你还会为我哭泣吗？

你现在在想什么呢？

我该说什么？

你肯定想到别的地方去了。

没有，我没有想到其他东西。

我不相信你。

你应该相信我。

不，人们相信你在呼吸，可你已经在撒谎了。

对，对，甚至在我操你的时候。

那么反正就是这样。

你也希望经常这样吗?

因为你否则也不为别的。

你说，你不就是一个留着烫发的洞眼吗?

你现在是在讲事实，还是别的?

别说了，我不知道。

那么是谁……

于是，一切从头开始了，犹如水中的漩涡，那种声音越来越刺耳，那个土屋变成了鸡棚，留着烫发的洞眼成了带有流苏的床垫。他们的眼里在放毒。女人在盘问他，好像只有他俩在这里，男人凝视天空，仿佛他独自一人。太阳依然在发出乳白色的光芒，人们可以听到大树在簌簌作响，天空在挤压，很多树叶几乎找不到空间了，鞋子在砾石上嚓嚓作响。他已经对她厌倦，只是曾经迷恋过她而已。她眼睛盯着我们所有三个人。我和保罗也被吸引住了，我们沉默无语，不看对方一眼，这样她就不会以为我们在做什么暗号。彼此切断了联系，倾听着，可还是像聋子一样，我们不明白她想从他那里得到什么。保罗从桌上抽出手来，女人估计到了这个动作，注视着我，等着我准备干什么。我弯下身子面对保罗，他抓住我的膝盖，说道：

过来。

我重新坐直，可她在等着保罗的手出现在桌上。保罗肯定觉察到了这一点，于是将手放在我的膝盖上。他用另一只手向服务员示意。

我来付钱吧，卖出的那只婚戒会很高兴的，我说。

我想有意掩饰这种快乐，那两个人恰好沉默着，就像刚才我和保罗一样在倾听，我很高兴的是，他们也在听着什么，但是不明白其中的意思。保罗从口袋里掏出钱，他不想用我的。女人看着自己的婚戒，我和保罗同时说道：

再见。

听起来仿佛我们是两个上好发条的会说话的玩具娃娃。她从桌上匆匆举手致意。男人看着，仿佛他在依赖我们的帮助似的，说道：

万事如意。

他现在这种处境，比我们更需要这句话，我们驾车穿越树林来到了这幢滑落的塔楼房里。那天夜里，我第一次睡在保罗那里，并且留下来了。

那第一个夜里，我们不停地做爱，直至肉体越来越老但比我们年轻，呼吸无声或者急促得快要断气为止。然后，我听到了犬吠声，好像那些狗在空中游荡。然后，街道在钟表的嘀嗒声中安然入睡，大地沉寂下来。天灰蒙蒙的，表盘上还没有外面的光线。不一会儿，送货车已经抵达下面的商业大街。我从床上爬起，手里拿着衣服蹑手蹑脚地走出房间。我全身鸡皮疙瘩地站在走廊里，裹住衣服让皮肤感觉到床上的温暖。我本想在保罗醒来之前，赶紧穿上鞋子一走了之。可我没这么做。可以像鞋子一样留在这里，像壁橱挂在厨房，椅子的靠背上有一道明晃晃的太阳光线，这条光线在生长，之后将落到桌子上。待在这里，因为厂里的那些纸上早就写着，每个周六过后就是周一。我拿了一杯水喝，舌头上吃出一股面粉的味道。别待在那里，像在跳蚤市场上购物一样，我想，最好是逃之夭夭。人走了，可以再回来。一只红釉盒放在桌子上，我打开盒子，闻到了咖啡粉的味道，关上盖子，将盒子放在那里，看到上面有我那些油腻的指纹，我在夜里梦见：

我爸爸穿着一件白色的节日衬衫躺在家中院子里的一张木桌上，他的左耳边放着一只从一棵树上摘下来的桃子，那些桃树是他多年前亲自种植的。一名男子胸部隆起，长着一张鸟脸，但他在梦里并不是我的房东，他沿着我爸爸的领尖和肚子之间的衬衫切开一个四方形，从第三颗纽扣到第五颗纽扣，像沿直尺划过一样死板。他从内脏里面取出一道刷白的小门。

我说：血从那里流出来了。

那名男子说：这是从他妻子的甜瓜里流出来的。你瞧，她残废了，不再生长了，不会比一只鸡蛋更大。我们把她取出来，往里面放进去一只桃子。

他从胸腔里取出甜瓜，将桃子放进它的位置上。桃子熟了，脸蛋红扑扑的，但没有洗过，可以看到上面有茸毛。

那是长辫子女人的，我说道，它可永远不会生长，长辫子女人不会给它洗干净的。

有一点你必须放手让她去做，她明白蔬菜那些事。

这里是水果，我说。

我们瞧吧，他说。

那名男子将小门放回胸腔里，放进去正合适。他走到墙边，打开水龙头，用浇灌院子的长橡皮管洗手。

这个小门不用缝合了吗？我问。

不用，他说。

那么如果它掉出来了呢？

这是密封的，它会愈合，我不是第一次干这个活儿，他说，毕竟我是一个受过专业培训的木匠。

我和保罗做爱并且体会到了来来去去的各种疲倦之后，一种宁静的睡眠开始侵袭他，而侵袭我的是一种梦中出现各种图画的睡眠。来自内脏的那道小门或许就出自那扇可搬动的厕所门，那位房东成了外科大夫，因为我现在有钱支付拖欠他的租金了。我爸爸和长辫子女人没有任何理由到这里来。我曾经有过想接替长辫子女人的愿望，但它无权妨碍我和保罗之间度过的第一夜。那只红釉咖啡盒发出的光太多，是它，而不是我在太阳下莫名其妙地幻想。

保罗从后面遮住我的眼睛。

我已经考虑过了，你搬到我这里来。

我没有听到他的脚步声，感觉自己被我的爸爸逮住了。

不，我说。

可我还是同意了，仿佛没有选择一样。当他将双手从我的眼睛那里移开时，斜对面窗户里的一名女子在抖动两只白色枕头，于是我说道：

对。

我对此表示怀疑。接下来的瞬间里，我从咖啡盒里舀出满满四勺咖啡放进锅里，保罗说：

很好。

这句话很漂亮，因为它不可能是一句坏话。保罗将一瓶杏子果酱放在桌上，开始切面包，面包片切得太多了。

我每天早上站着和走着吃饭，这样肚子里还有一些没吃早饭的空间。可我现在干坐在这里。我谈起爸爸和由皮肤组成的那扇小门，谈起甜瓜和那只桃子。我不再去管长辫子女人了。对那只红色咖啡盒反映出的那个梦，我也闭口不言。还有我在他们面前怯生。在我立马不喜欢的人那里，如果我不去谈论他们，那么这种怯生将会越来越小，我到厂里去的时候，在内罗那里也是同样的情况。但在那些物品那里，因为我喜欢它们，我同样也会怯生。我要设身处地地为自己想想那些反对我的东西。如果我不说这个，在人前怯生的情况就会消失。我想，随着时间的推移，它依然不会消逝。

和丈夫分手后，在不再有人对我大吼大叫的平静日子里，我想起了其他人的怯生来。那些人常常在他人面前梳头。在厂里，在城里，在大街小巷和有轨电车上，在巴士车和火车上，在窗口或者取牛奶和面包排长队的时候。在电影院里，趁关灯之前，那些人在梳头，甚至在墓地也是。从脑袋中央到额头给自己分头路，可以从那些小梳子中看出怯生来。只有无声的怯生才能把头发梳通，而梳子将变得很油腻。拥有干净梳子的人，会谈论这种事，但无法摆脱怯生。我在回想：妈妈、爸爸、爷爷、公公、我丈夫，所有人的梳子都很脏，包括内罗的，也包括阿布的。我和莉莉的有时很干净，有时也黏糊糊的。不错，我们之间有怯生，也有说话和隐瞒不说。

我和保罗喝咖啡，太阳照在桌子上。我谈起了我的梦，然后就什么也不说了，根本没说起梳子的事。保罗在我的梦面前怯生了，他避开我的脸，透过窗户向外望去。

神经真脆弱，他说，你的外科大夫至少许诺过，那扇门会重新愈合。

在窗玻璃后面，三只燕子从空中飞过。它们要么飞在前面，要么只是三只在一起，和那些后面飞来的难以计数的燕子无关。我真不该自己数数，可还是动起了嘴唇。

你想知道它们有多少吗？保罗问。

我清点过很多东西。烟蒂、树木、篱笆板条、云彩，或者从一个电报天线杆到另一个电报天线杆有多少石板，每天早上一直到车站共有多少扇窗户，或者从巴士车里清点从一个车站到另一个车站有多少行人，城里一个下午有多少条红领带，从办公室到工厂大门要走多少步路。人们因此而让世界保持得井井有条，我说。

保罗从房间里拿来一张照片，它并没有被挂在墙上，否则我一定会看到了。但这是有镜框的，玻璃下面有一只被压死的蟑螂。

父亲去世时，我将这张照片放进镜框，挂在房间里。照片才挂了两天，蟑螂就过来了，加入了我们的家庭。这个蟑螂做得对，如果一个人死了，人们会出于恐惧而为自己做点什么，仿佛爱那个人甚于爱那些仍然活着的人。然后我就把照片取下了。

除了那只蟑螂，我还看到了保罗的母亲，脸颊上有酒窝，一只手臂搁在那件夏装的左髋骨上，另一只手臂搁在她丈夫的髋骨上。保罗的父亲戴着一顶鸭舌帽，穿一件格子衬衫，袖子挽起来了，穿着齐膝的宽松裤，凉鞋里穿着一双高至小腿肚的袜子。他的一只手臂搁在妻子的肩膀上，另一只手臂搁在自己的右髋骨上。两个人一般高大，彼此依偎在一起，他们的胳膊就像两只把手一样放在髋部。我当时还没有考虑过他们彼此倚靠在一起的脸颊。父母面前有一辆早期童车，上面有可以关闭的卷帘式百叶窗。照片上的百叶窗开启着，车里坐着保罗，他那只帽子的帽檐很硬，宛如额头上有一轮残月，下巴下面有一条飘带，一直落到了肚子上。他的左耳朵弯曲着从帽子上露了出来。他一只手里举着一把玩具铲子。另外，挂在车上的罩子，被他蹬到了脚端。一家人后面是山丘，李子树正开着白色的花朵，最上面是那家冶金联合企业，就像烟囱里冒出的烟一样模糊不清。工人家庭在工矿企业真幸福，这是一张适合刊登在报纸上的照片。这时候，在桌旁的阳光下，我不得不向保罗谈起我那个身上喷洒香水的公公骑着白马的故事，这也是一张五十年代的照片。

你父亲和骑在白马上的那个父亲迥异，我说，可两个人都是共产党员。一个在城里的高炉里，另一个穿着耀眼的马靴穿越乡村小路。一个在辛辛苦苦地干活，手里抓住灼热的钢铁比抓住自己的理智更顽强；另一个在骑马，将人们逼入困境，身上有股香水的味道。

在我的婚礼上，我爷爷只和我跳过一次华尔兹舞。他将嘴巴凑到我的耳边，说道：早在一九五一年，这条狗闻起来就有香水的味道了，这样的一条狗进了我们的家门。他想再和我们开玩笑吗？他想吗？他想在这里和我们一起吃饭吗？他想吗？那好，那他就拿他的纪念盘子。这种盘子我家里有几只，我就往这只盘子的饭菜里下毒。他说这话时多平静啊，他呼吸和跳华尔兹舞掌握节奏时是多么得心应手啊，就像一个说到做到的人一样。我的长裙在外面摆动，我在里面是一根桩子。有几次他踩到了我裙子的贴边，跟我说对不起。我只是说：

没关系。

我对自己那袭长裙讨厌透顶了，真希望他总是踩到上面，直至裙子离开我的身体。一曲跳完，他领着我穿越大厅回到我原来的座位，在我丈夫的桌边坐下。在三张椅子远的地方，我公公朝他女儿的肩膀弯下腰去，她的耳环没有扣上。我爷爷抚摸我的袖子。

那你想待在他那里吗？

我无法再问，他指的是我公公，还是我丈夫？他穿过大厅离开了，他指的是他们两个人。我用眼睛搜寻他。我丈夫将我的手拉到他身边，好让我的眼睛转向他。当我的目光和他的目光相接，我的手指放在他双手之间的黑裤子上时，我感觉好像我的白色袖子在向远方伸展。我越来越希望他始终握着我的手指，和我一起生活，好像这三只手都是属于他的。那件折磨我爷爷的事，并不是我们的责任。这时，音乐重新响起，饭菜也已端上了餐桌。服务员端着菜肴走到最前面的桌子中间，他们从那道门进来了，我爷爷从那道门走了出去，没有再回来，也没有回来吃饭。

我公公已经吃完饭，他的双手油光发亮，指甲涂上指甲油了，脸颊红润，目光敏捷，没有一点中毒的迹象。盘子上放着吃得很干净的鸡骨头。这时候，音乐再次响起。那位厨师像一名海员一样，穿着白外套，戴着蓝围巾和白帽子，将结婚蛋糕送到前面的桌旁。这是一幢金边装饰的房子，四层楼高，有糖衣做的窗户和窗帘，屋顶上有两只蜡制鸽子。

厨师将一把刀放到我的手上，我得亲自切下这幢房子来，通过白色蛋糕皮往棕色墙上切下，直至周围所有的人的盘子里都有一块蛋糕。我公公面前一只又高又深的盘子也被收拾干净了。他将蛋糕盘子拿过来：

请给我薄薄的一片就行。

可他用大拇指和食指指着一片很厚的蛋糕。仿佛我已经服毒自杀一样，我听力很差，透不过气来，心被裹住了。我过去寻找我爷爷。他不在外面的大街上，不在前面的厨房里，也不在音乐家摆放乐器的储藏室里。他坐在葡萄酒桶和白酒桶那里，不在等任何人和物，当我想和他坐到一起时，他说道：

你在这里弄脏你的裙子了。

我倚靠在拐角的消防梯子上。

他在自己身上洒上了香水，我们被赶到车站，有两个星期的路程，然后我们，大约四百五十个家庭，就可以站在世界的一个桩子前面。笔直排列的桩子，上面是天空，下面是黏土，中间是我们和疯狂的飞廉。太阳把一切都烤干了。我和你奶奶在桩子所在的位置上，在地里给我们自己挖了一个洞眼，挖了好几天，并用飞廉覆盖它。挖的时候，我们的皮肤都裂开来了。东风和口渴正在消灭我们，三公里外没有水。我们拿着锅碗来到河边，可我们还未到达我们的地下洞眼，水已经全部被填没了。我们身上有疥疮和虱子，你奶奶必须把头发剃光，我也一样。只是在女人那里就两样了，就连飞廉也有白色茸毛，它们到处在飞，风没有平静的时候。你奶奶说：你瞧，那匹白马来了，它跟在我们后面跑着，我们有皮毛了。她在自己周围抽打着，缩进脑袋，吼道：滚开。她开始四处乱走，在白昼最长的日子里，她在那些地下洞眼之间再也找不到回去的路了。我叫道：安娜斯塔丝娅，安娜斯塔丝娅。人们可以在每一株飞廉叶子后面听到她的名字，她没有回答。人一吼叫，就最想喝水。后来，我站在她面前，她在吃黏土，好像她在出声地喝水似的。她还常常露出那副棕色的断牙大笑，她的牙龈裂开好久了，然后是牙龈萎缩，然后牙龈没有了。那里不再出血。猫头鹰一样的眼睛，嘴里发出咯咯声，一个幽灵蹲坐在黏土上。我渴死了，她也不感到拘束，抓住泥土出声地吃着。我打她的双手，打她的嘴巴。由于害怕飞廉茸毛，她已经拔掉了自己的眉毛和睫毛。她的眼睛就是两滴水，像她的身体一样赤裸着。

上帝啊，在口渴的时候，我真想把它们喝了。我决心阻止她的死亡，尽一切力量把她挽留下来，因为爱已经根本不可能了。我打她越来越厉害，因为她不知道，她叫什么，她多大，她从哪儿来，和谁在一起。我们俩离翘辫子只有一步之遥，她无情地疯了却感觉很好，我呢，脑子该死地清醒却感觉很糟。她丢下自己和我在这个世上不管不顾了，连死神也向安娜斯塔丝娅发出了吼叫，比我的声音还大。这个错误的死神，可她迷恋它。谁能不让死神光顾呢，我不得不揍它，许多人在观望，谁也无法妨碍我。其他人不比我更好，可这和我有何相干呢。我是个粗鲁之人，她过得挺好，就是这样。我现在脑子里很乱。我欢呼地推开她的脖子，嚷道：你将会大吃一惊，我们像豆壳一样变干了，这里谁也不会变成一匹马。你明白吗，这里不会有树生长，木材是为棺材准备的。我可是看到了这一点，我们把自己变成了棺材。有时她蹭着地走路，眯着眼睛，有时她一副萎靡不振的样子，呆呆地看着我，问道：如果你是看守，你会有报酬的。谢天谢地，她不认为那个无赖就是她的丈夫。她刚进入墓地，第一个冬天就来了。她挺走运的，不必看到现在有多少白发掉落了。雪在拍打着，还没有雪像这次一样如此可怕地遮没大地。雪不是躺着，人们看到它只是在跑。太阳将雪磨快，波浪像刀一样一个接着一个。夏天，黏土也在穿越热浪跑着，黄色、红黄色和灰色，有时是白蓝色，仿佛人漂浮到了天空的尽头，人要比平时变得更晕头转向了。可雪火辣辣地晒起来和黏土不同，即便人转过身来，他的眼睛还是空洞的。我们中许多人失去了理智，一个人或者两个人，这无所谓。她去世后不久，一辆拖拉机来了，将我们的地下洞眼填平了。我们必须建造，我们毕竟是人，据说，我们应该放弃回家。或许这样很好，我必须踩出许多黏土，把砖头弄干，天气很潮湿，冬天即将来临。我没有思考的时间。我要拿她那些发霉了的衣服换取七块木板。和所有其他人一样，我要建造一栋房子，你能想象一下吗？它必须是八米长、四米宽，一栋房子总共要两千三百块砖头。每块砖头都是三十八公分长、二十公分宽和十二公分厚。另外，每堵墙的厚度要和砖头的长度一样。遇到这样的天气时，一切都变得歪歪扭扭了。为屋顶上放置的秸秆、飞廉、青草，风不断地将它们夺走。人们在外墙上画上符号——一个四角形、凹口、一个圆、一种门牌号码，因为数字是禁止的。为了征服死神，我画了一匹马。我到最后才知道，我们谁也不会变成一匹马。只是每年冬天，这个地区都是一样的，因为雪总是如此在跑。我在这个房子里还要待上四年，别问我怎么回事。现在你该走了，我爷爷说，如果你爱他的儿子，你现在应该走了。

他会同意吗？我问道。

他抬起眼睛。

你问反了。

我会同意吗？我问道。

他会反对吗？我爷爷说，不，他不会反对。

我重新回到大厅，真希望有人把我的身体带走。因为无人这么去做，我只好往身体里面塞点东西了。那块结婚蛋糕还有半堵墙，加上两个窗户，我吃了一个窗帘。我丈夫在同他母亲和她那只白色漆革皮包跳舞，那只包在他的背上晃动着。我爸爸在同我妈妈的白头发三角墙跳舞。我公公在同他女儿和她那双白鞋子跳舞。我从我身边往下看去，这种颜色渗透到了这个家庭里。谁会反对呢？一定是有人干了这种事。

一匹马来到劳改营的院子里
它的脑海里有一扇窗户
你看到一座淡青色的瞭望塔矗立着……

我爷爷有时在院子里干活时唱起这首歌来，但它不是婚礼之歌。

有轨电车在红绿灯那里停下了。又是红灯，驾驶员说，究竟是为谁设的呢，那里整整一周时间里，谁的脚也不会穿过这条大街，可他们装上了红绿灯，然后鼓着屁股粘在办公室里。那里可从来不会有人到城里去看他在这里设立的红绿灯。他们还为此拿到奖金，并把我的那份侵占了，因为我在外途中时间太长。在十字路口站着的行人瞅着红绿灯沉默不言。其中有一个人忍不住打起了喷嚏。一下，两下，三下。看着红绿灯可不会打喷嚏，他是因为太阳才打喷嚏，四下，然后五下。我不喜欢有人总是打喷嚏，经常打喷嚏的人，总是那些瘦小的男人，他们无法停下来，没有教养。这些狗东西，他们顶多在第一次打喷嚏的时候用手掩住嘴，然后就放手了。每次喷嚏过后，人们希望现在该是结束的时候了，但喷嚏声还是接连不断地传来。人们的脑子将会变笨，他们一起数数，并且协同作战。此刻他在打第六次喷嚏，难道他不该用手捂住鼻子，然后第七次大口喘气吗？难道他不该自己也数一数吗？一切不就过去了嘛。这种事情他是不会知道的，难道我要穿过整个车厢对他嚷嚷吗？不，咽下一口气根本不是喷嚏配方，七次咽气是对付打嗝儿的。他必须按摩鼻翼，直至鼻翼里面不再发痒，这才是喷嚏配方。他的眼睛像栗子一样粗大，如果他不立即停止打喷嚏，它们就会蹦出来了。这和我有何相干呢。他的脖子劳累过度了，他的耳朵针扎般地作痛。现在他是第七次打喷嚏"阿嚏"，我留神脑子里可以松口气了。难道除了"阿嚏"，他就不能打另外的喷嚏吗？可现在已经结束了，不，他在打第八次喷嚏。对这次喷嚏，他已经没有任何保留了，他的喷嚏向四面散开，他缩成了一团鼻涕球。

保罗将那张照片塞进抽屉里，问道：

你公公当时在五十年代是干什么的？

党内积极分子，我说，负责没收财产。我爷爷在邻村的山丘上有块葡萄种植园。这个香水共产党员没收了他的金币和首饰，将他和我奶奶一起列入了流放巴拉干平原的名单中。我爷爷回来的时候，他的房子已经充公。他提起诉讼，直至允许重新搬入，面包厂在那些房间里设立了办公室。人们对那幢房子谈论很多，大多在吃饭的时候，只是偶尔才谈起我的奶奶：

她决心早一点一了百了，没有捱过那个该死的第一个夏天。她无法等待了，没有住上那个黏土房。在我的大喜之日，香水党员第一次回到了小城。有欠考虑，正如后来证明的那样。他可能想到，谁也不会再认识他了，或者压根儿没想到这一点。对他来说，警署里的那些人无异于一场瘟疫。或许他已经注意到了愿为他效劳的几个人。他知道名单里那些无赖的名字，但和他们的脸对不上号。我奶奶只是他选择的一个死者而已，这样的死者有很多。他回来的时候本想庆祝一番。即便他用了一个新名字介绍自己，我爷爷还说马上从他的走相和声音中认出了他。他当时的名字是学名，现在的名字是他的出生用名。他是马车夫的儿子，战后作为车夫靠着两匹棕色马谋生。他运送木材和煤炭到那些房子里，包括石灰和水泥。如果人们付不起钱给那种雕花讲究的运尸车，他偶尔也将棺材运到墓地。他一生中清扫的马粪比看到的钱还多。他的儿子们因为爱惜那两匹马，不得不跟在满载的马车后面跑，等到车子停下来，就忙着卸货或者背袋子。对我的公公来说，有了那匹白马，他就是向那些老黄牛告别，他骑在马背上，摆脱了那些脏物。他就像猴子一样骑在磨轮上，乘着马车穿过乡村，讨厌所有比马车夫有钱的人。香水是他的第二皮肤。香水共产党员，怎么会有香水共产党员呢？我问保罗。共产党员究竟是什么？

是我，保罗说。我被教育得很乖，做我的家庭作业，我父亲把我叫进厨房。他的刮胡子工具放在桌上，炉子上放着热水。他给我的脸上直至鼻孔涂上肥皂，拿来了他的剃须刀。我当时还没有排成十排的七根胡须。我为自己感到自豪，开始刮我的胡子，然后去了党小组那里，对我的父亲而言，这属于一个整体。他说，他出生在这个时代之前了，只能和它一起走。首先是法西斯分子，然后是非法分子。而我生在这个时代，必须超越这个时代。那几个真正的非法分子今天说的并非没有道理：我们曾经是少数人，但我们许多人留了下来。人们需要许多人，他们就像马蜂一样摆脱了原来的生活。赤贫的人，成了共产党员。而很多有钱人，他们不愿意到劳改营去。现在我父亲死了，只要那上面有真正的天堂，他可以在那儿自称为基督徒。那辆摩托车是他的。我母亲是钳工。现在她退休了，每周三和她班组里那些干瘪的同志们相聚在集市广场五金商店旁边那家糕点甜食店里。小时候，我和父亲走进城里，他会指给我看人民广场光荣榜上他的最佳工作者照片。我更喜欢看那些松鼠，它们都叫玛丽安娜，嗑着南瓜子，因为那些人没有胡桃。在公园入口处，人们可以买到那些南瓜子。这是剥削，我父亲说，一把南瓜子要一元钱。他没给我买过南瓜子。

松鼠可以自己养活自己，他说。

我不得不空着双手叫唤玛丽安娜，它们徒然地过来了。我在叫唤的时候将双手伸进裤袋里。我父亲站在主干道的光荣榜前说：

孩子，别往左看，也别往右看，一直向前看，但要灵活。

然后，他就将帽子压到我的头上，可是左耳朵的帽子却要比右耳朵的深，于是我们继续向前走。到了十字路口，他眨眨眼说道：

首先左右看看，我的孩子，是否没有汽车过来，走路时这么做很有必要，思考时这么做就要出问题了。

在这儿的城里，他只看过我一次，我能住在塔楼房里感到很自豪，这和我们这里山就在鼻子底下的房子完全不同，这里空气充足，还能看到风景。他走到阳台外面，但他不再是过来看风景的。他碰巧看到了那把工具和那些天线，问道：

什么，你在这儿打黑工?

天线是用来收看外国节目的，他补充道，好像在谈论一个第三者：

我儿子喜欢金钱，社会主义将因此成为笑柄。那么然后会来什么呢，全是资本主义。所以，有人就会安装天线直至晕倒，这些人挥霍金钱，但他不属于这种人。

我说：挣钱并不是什么笑柄，这又不禁止。

于是他说道：它也没有被允许，可是你问过谁了?

为什么是资本主义呢，我说，我不挣美元，而且在南斯拉夫和匈牙利，他们也是社会主义，和这里一样，在电视里也是。

最近党内更多的不是战士，而是唯利是图者，他说，大体上看，金钱会毁坏一个人的品性。

可你提到了你的儿子，我说，你只有一个儿子，那就是我。那你又得到什么了？你的前程就是用熔化的钢铁制造粪叉和拖拉机。还有什么呢。天堂还一直不在人间。可你的脑子却已经开出红花来了。如果你到上帝那里去，他会看到你额头的微光，问道：哦，我的罪人，你带给我什么东西了？两个腐烂的肺、坏掉的椎间盘、慢性角膜炎、听觉迟钝以及一套破西服，你说。那么你把什么留到下面的人间了：我的党员证、一顶鸭舌帽以及一辆摩托车，你说。

我父亲哈哈大笑起来：嚯，嚯，如果你想成为上帝，这个大致可以了。不过你知道吗，我在天堂也不得不为你感到羞耻，因为从那儿上面也可以看到，就像在一只棋盘上一样，你在屋顶上给人打黑工。

我不再说话，可他还没有止住话匣子。他看了看表，说：但愿城里只有百分之几的人才需要收看外国节目。如果那些金翅雀有了他们的天线，那反正就完了。

我说：你真坏，你又老又妒忌，甚至对我也是。

我父亲沉默着，他大口喘气，将那顶鸭舌帽压在他的左耳朵上。它就跟我小时候这么戴着鸭舌帽站在光荣榜前一个模样。只是他现在是将帽子压到了自己的耳朵上，他看了看手表，说：这一切都没有用，我现在饿了。

你的父亲是个愤世嫉俗的人，我说，否则他就不会如此死心眼地说话了，但他不会对其他人构成什么危险。我公公向外面高处爬，他也从来没有和任何一个人说过他为何掉下来。有的只是流言蜚语。但是，香水党员骑着马从一家赶到另一家，将他的白马绑在树荫下，鞭子系在马鬃周围，这一点众所周知。另外，这匹马叫努育斯。我爷爷介绍说，农民必须提供干草和一桶新鲜的水。白马吃着草喝着水，马车夫就在这段时间里将房子里的谷物和金子搜查个遍。那些田地的平面图在他的文件上被编上号。每次没收财产之后，他回到自己的马匹身边，从白马的脖子上抽出那条被编织成五颜六色的鞭子的皮绳来。绳子的末端是一根丝绸流苏，手柄的末端是一只牛角做的螺旋盖。他拧开手柄，他的铅笔就在那里面。他从夹克衫里抽出一张纸来，涂掉其中的一个数字。当他骑着马经过村庄时，犬吠声就会从他后面传来。这些狗感觉到那个骑在马上的人夺走了村庄的宁静。他讨厌这些野狗，他的鞭子在空中发出短促而刺耳的响声，而且越来越挑逗它们。它们多么矮小，就像猫叫一样，在马蹄旁边发出尖叫。第三次、第四次，有时第十次响鞭打到它们的脖子上，或者它们的耳朵之间。然后他策马远去，人们听到马蹄声渐渐消失在尘埃中。等到夜深人静，知道他不再骑马出去，人们才去大街上收拾这些野狗。这些明亮的肚子躺在那里，僵尸在太阳下膨胀起来，它们的眼睛、口鼻属于苍蝇。他将那些富农、中农然后是小农提供给国家安全局。他很勤奋，渐渐地，那些人越来越多，穷人也越来越多。从城里来的先生们打发一些人乘坐下一趟的火车回到村里。

有一天上午，那匹白马死于马厩里，是被麸皮毒死的。周围的男人们在乡公所里遭到日夜盘问和拷打，两名公职人员，来自该村的流氓轮流换班。三名男子受到指控，被予以逮捕。这三个人都死了，但他们谁也没干过下毒的勾当。夜里，那匹白马由这两名流氓装进了一辆拖拉机里，被埋葬在村庄和小城之间葡萄园后面的一个山谷里。我公公也去了。他和其中一个流氓拿着一盏防风灯坐在拖车里那匹死马旁边。因为马发臭得厉害，他们只好喝起白酒来。另外一个流氓在清醒地开车，车子开向那里的小山。雨在哗啦啦地下，拖拉机陷在淤泥地里出不来了。开车的家伙第二天介绍说，蟋蟀、青蛙和其他夜行小动物在刚洗净的草地上比赛吼叫，那具马尸早已臭气熏天。我们走进魔鬼的袋子里了，他说。那天夜里，这个伟大的共产党员变得很疯狂。他在泥潭里瞎跑，啜泣着、诅咒着。他不得不一再呕吐，他的眼睛都快要蹦出来了，他的肚子里根本没有任何东西了。当墓地被挖掘好，马从拖拉机上被卸下来时，他摔倒在地，然后抓牢马脖子。他没有松开手。那两个流氓只好将他扛进驾驶室里，并把他绑在座位上。回去的路上，他就坐在那里，被绑住了，脏兮兮的，呕吐过了，一言不发。拖拉机走到半路时，重新开到了上面的一座小山上，司机将他松绑，问道：我们要不要休息一会儿？被松绑的人拒绝地摇摇头。月光照到他的眼睛里，他的眼睛像白雪一样发出死亡的光芒。他在拖拉机的轰隆声中开始祈祷。他支支吾吾地念着一个个主祷文，直至快到村里能够看得到那里的房屋为止。在村里，人们至今还相信，这次葬礼也是他的末日。在那天夜里，这种在人的内心扎根的恐惧不仅攫住了这位贵族党员，而且包括那两位公职人员也在魔鬼的袋子里听见他们死亡的钟声敲响了。那个司机开始走进教堂，向希望听到的每一个人叙述那个葬礼之夜。香水党员被警署调走了。谣言从来没有停止过：那个司机不仅埋葬了那匹马，而且也是他亲自下的毒。他失踪了很短的一段时间，村里的人以为他被逮捕了，是他罪有应得。可他重新露面了，几天后他只剩下了他的左手。因为所有的人都认识他，他本想消失得踪影全无，于是到另一个村里申请教堂司事的职位，后来被录用了。他在那儿说自己的手是在战争中失去的。等他搬走的时候，人们在他厨房的那只面粉盒里发现了那只手。由于战后几年，人们只录用残疾人担任教堂司事，他亲自将那只手剁掉了。

保罗在煮咖啡，水在炉子上发出咝咝声，有一只乌鸫飞到了厨房窗户前，落在外窗台上，在自己的影子里啄食。

两只乌鸫过来停留了片刻，保罗说，然后一只就待在入口旁边，那上面有蚂蚁。

保罗搅拌咖啡，调羹发出咯咯声，我将食指搁到嘴边。

嘘。

我们可以继续说话，那只鸟儿反正马上就会飞走。

不过他将调羹放下时没有发出声响。我双手前面的桌上放着那只红色咖啡盒、蛋黄色果酱以及白面包片。外面是垂直的天空、淡黄色的鸟嘴和柏油般乌黑的羽毛。每一个物体都在相互对视。保罗将咖啡倒入杯子中，蒸汽在他的脖子周围弥漫开了。我轻轻拍了下杯子，用那只热手指指着窗口——那只乌鸫飞走了，咖啡仍然太烫。

香水党员被调往苗圃工作，我说，他就留在了那里。这匹白马至今仍然在发挥作用，他一直不属于小人物，自此以后也不用再干一天的活儿。因为他既不是作为上司，也不是作为工人使用着，所以成了监工，并且留下来了。他就像背诵祷告一样，学会流利地背诵拉丁植物名。每周日，他带着妻子和一对儿女散步，后来我也加入了他们的行列。他从茂密的灌木丛中折断一根笔直的小树枝，拔掉叶子，用他这根小拐杖指着那株常春藤，说这是 vinca minor，以及说着他对此所知道的一切。他在一张长凳旁边说这是 aruncus dioicus，以及说着他对这种假升麻所知道的一切。而在接下来的路途中，他又会说这是 epimedium rubrum[1] 和 plumbagum[2]。在一片洼地旁边，他的 hosta fortunei[3] 在生长。人们不得不稍作停留，倾听他的叙述。我丈夫说他以前还要严厉呢。如果他或者他的姐姐出声地笑起来，他会一整天不和他们说上一句话。去年夏天，我还和他们家住在一起时，想从后面的院子摘几枝春白菊插到我的花瓶里。我看到我公公在胡桃树旁大声地自言自语，不仅用嘴，而且还用手脚。他是如此沉浸其间，直至我站在他身旁，他才注意到我。他知道我在这儿的整条路上肯定看到他了，却毫不拘束地微笑着，问道，我肯定有什么问题要问他吧：

你在太阳下会感到头疼吗?

不，我想摘几枝春白菊。

你真的挺好吗?

是的，那你呢?

---

1 拉丁语植物名，红色淫羊藿。

2 拉丁语植物名，白花丹。

3 拉丁语植物名，高丛玉簪。

为什么问我好不好呢？我一切都很正常啊。

我也是，可你还是问我了。

我没有什么好抱怨的，他说。

我在思考，是否他的身上具有两面性。从近处看，他有平静的一面，从远处看，他是这样一个人：那些死者在他心里喃喃自语。为了赶走他们，他必须倾倒货物。如果可以，那就悄悄地。如果不行，那就公开地，但人们会敬佩他，而不是怜悯他。那么这将会怎么办呢，最好是在跳舞中解决。我们单独在家里，我和他。我丈夫和我婆婆下午到城里办事去了。我不再去摘春白菊，不是因为怕他，而是怕春白菊……

当时仅仅能够背诵拉丁名字，那是长不出世上任何一片树叶来的。除了嫁接蔷薇之外，他的双手没有学过任何东西。两年前，园圃要给一个厂长的国葬制作花圈，二十个花圈，大如车轮。我公公想出风头，于是让人编织特别式样的花圈。他规定选用红百合和蕨类植物，而不是永远由石竹和常春藤组合而成的花圈。在英雄墓地，从车上卸下来的不是花圈，只是一堆棕色的乱毛而已。三十年后他也没有料到，红百合半小时就会枯萎。他本来要被解雇了，但他将那位女主任工程师抓在了手心里。她比他小二十八岁，身材匀称，刚从学校毕业，可以没完没了地跑来跑去，他没吩咐她做的事，她也会去做。干活的日子很漫长，天暖洋洋的，夏天是绿色的季节。当六月进入七月，茂密的树叶在灌木丛中生长，我公公开始在新的女主任工程师身上挖掘了。她从一开始就没有反感。那一年，蚜虫和壁虱并不是很多，两个人有的是时间。这位虱子检查员向厂长保证说，一般来说，红百合的寿命很长。那年夏天，专业界人士都在谈论法国南部植物的粉霉病问题，这种粉霉病侵袭到了墓地，为了死者的安宁，这些害虫在墓地里是无法防治的。当这些刚修剪过的植物接近墓地，这些花就会很快干枯，任何花都是如此。如果选用石竹，也会碰到同样的情况，她对厂长说。厂长相信她的知识，因为尽管他快要退休了，但他的知识几乎没有超出如何区分石竹和母菊的范畴。

我一直很想知道，我们的塔楼房里、下面的商店里、厂里或者整个城市里究竟有多少人曾经被传讯过。在阿布那里，在每一个过道门后面每天肯定都会发生点儿事的。我在车里看不到那个公文包男子，他刚才出去买阿司匹林了。可能他没赶上这趟有轨电车吧，或者他觉得车里人太多了。假如有时间，他可以等待下一趟车。有一位妇女坐在我旁边，她的臀部比座位还宽，她还把大腿分开来了，中间放了一只手提包。她的屁股碰到了我，她在手提包里翻找着，然后抽出用报纸做成的一只漏斗形纸袋，那里面放着泡软的血红色隆起物。她从纸袋里抓出一把樱桃来，偏偏是樱桃。她将樱桃核吐到另一只手里。她没有多花时间，并没有将樱桃吃干净，每一个核上面还有肉。她那么匆匆忙忙干什么，谁也不会抢她的樱桃吃。难道她也被传讯了吗？或者有朝一日被传讯吗？她的手上马上放满了樱桃核，以至于她再也无法握紧自己的手指了。我觉得她完全可以将核吐到地上，或者悄没声息地掉到地上，这不会打搅到我的。那些乘客一直站到驾驶员那里，或许这也不会打搅到他们的。驾驶员要到晚上才会发现这些樱核，因为不得不清扫车厢而生气，但车厢里也还会有白天留下的其他东西。只是那个和莉莉在一起的老军官会想起什么呢？每年都有樱桃上市的时候，从五月樱桃到九月樱桃，只要世界存在，不管人们喜欢不喜欢。他会怎样呢？监狱里是没有樱桃的。不错，现在车厢里满员了，我在阿布那里拥有足够的空间。而在回家的路上，但愿今天还有座位。如果晚了，那么有轨电车就不大会有了。我会等着车子过来，和车上的几个乘客一起踏入巨大的黄色光线中。如果到了夜里，其中有一个人，或许在吃完晚餐后，还有兴趣吃樱桃，他尽可以安心地去吃。

直到第三天，我才到我的房东那里去。我把欠款付了，两千元。他的双手像他的面孔一样干瘪，只剩下皮肤了。我将钞票数了一遍，他说自己只是在心里跟着默默地数，可是我能听到他在低语。一张皱巴巴的钞票掉到地上，我将它捡起来，但并没有弄平，这张钞票放错位了，房东的手没有抓牢。老人拿钱的动作比我在跳蚤市场上的还要逊色。他说话的时候，不知道在想着什么：

哦，上帝，我的双手因为削土豆皮弄脏了，我今天准备做土豆泥。您喜欢吃吗？

我已经吃过饭了。

加上肉排和色拉。

就在这时候，我看到他的口袋里有一柄木质把手，这是刀上的把手。我按门铃时，他没有将削土豆皮的刀放到厨房里，而是塞进口袋里了。要么因为他在等某个人，于是想随身带着它。要么他忘记手里有刀，直到开门时才想起，一把刀可以吓跑任何来客。我迅速地数好钱放到他的手里，好让我自己马上离开。可后来我们做成了一笔生意。他微笑着，尖声说话，从我手里买下了冰箱和地毯，他给我的钱比他从我手里拿到的还多一百元。为了去拿钱，他回到了厨房。当他拿着一张新的百元大钞回来时，那把刀始终还在他的上衣口袋里，因为他重新把它忘记了或者是故意放在那里了。

我搬到一个男人和一辆摩托车那里去了，我说。

跳蚤市场的那个人，他说。

您认识他吗？我问。

如果他就是那个人的话。

您也去过跳蚤市场吗？

也去过森林狩猎场，他说。我直到冬天才找人，然后房子就贵多了。对您来说不，如果出了什么纰漏，您再过来好了。

所以您才买下冰箱和毯子的吗？

只是因为我用得上。

此刻我不知道，他指的是用得上那些东西还是用得上我，于是说道：

我住在那幢滑落的塔楼房里。

他知道那幢楼在哪儿。

在滑落的塔楼房里待下的第一个早上，我和保罗谈了很多，直至日当正午。让我感到惊讶的是，我们究竟应该回想起自己的父母到多少程度，才能不致忘记我们自己的根在哪里呢？袖珍书籍、帽子、童车、桃树、袖口扣子、蚂蚁——甚至尘土和风也有重量。如果流逝的岁月流逝得很糟，那么我们可以好好谈谈这些流逝的岁月。可要是必须说出现在呼吸的那个人是谁，那么这个人的嘴边无非是危险的沉默而已。

下午，保罗到商店去，买了一瓶黄色的野牛草白酒。太阳爬入夜晚，白酒爬入保罗的脑袋里。一只蚂蚁在厨房桌上忙碌着，保罗用一根火柴在它上面晃来晃去。

蚂蚁到哪儿去，到森林里去。

森林到哪儿去，到木材里去。

木材到哪儿去，到火里去。

火到哪儿去，到心里去。

突然，火柴烧起来了，那是魔术，因为保罗另一只手里拿着火柴盒放到桌下。火柴蜷缩成一团，火舌蹿到了他的拇指上。保罗吹了一下，看着烟灰。

那么心留下来了。

那么蚂蚁离开了。

保罗并没有喝醉，只是有点醉意而已。他的醉意挂在耳边，更多的是来自表面而不是发自内心。如果蚂蚁走到心里去，对我来说没什么可笑的，但保罗要发笑了，他也会给我一句敏感的话。他的醉意感染了我，白酒当时还丝毫没有给我漆黑一片的感觉，我还不怕保罗喝酒。刚开始的半年，保罗喝得不多，那棵野牛草每天晚上还有一半在酒中。刚开始的几个星期，他下班回家，就走到阳台上。焊接时火星四射，消失得也很快。火到哪儿去了呢，我总是看着火柴和心里的蚂蚁。有时候，保罗用口哨吹出一首歌来，那里面更多的不是音乐而是铁锉，听起来是走了调的。每星期他都可以做完一根天线的整个鹿角，差不多足够他礼拜天在跳蚤市场上买卖并赚上一大笔钱了。那天，保罗没有去做买卖，因为两个年轻人上楼敲门了。

打黑工，通过外国渠道分化国家，他们说。

他们连问都不问，将工具和铁管装进带来的袋子里，将它们带上电梯下楼，放进一辆小卡车里，我从厨房窗户上可以看到那辆车。他们将做好的天线放进楼梯间里。保罗说：

你们拿走所有东西后，请随手关门。

他将那瓶白酒拿进厨房，并把门锁上。我为了不碍事，靠在楼梯间的墙上，留意那两个人的行踪。他们扛着天线走路，每个人的手里有一根天线，一级级楼梯下去。他们的步伐发出急促的咯吱咯吱声，并伴随着回声，宛若两只胆小的野兽扛着偷来的鹿角一样。他们俩并不是单独行动，总共一起来回三次。最后一次，其中一个人疲倦地鼓着腮帮子，我看到他的衬衫粘在后背上了，他说道：

我们必须这样。

干吧，我说，只是别跟我解释这种混淆黑白的事实。

我让他们拿走了所有的鹿角，然后他们就走了，于是我不得不用拳头敲击厨房门，直至保罗开门。白酒已经喝完了，保罗三步并作两步地走过房间来到阳台上，嚷道：

这个女间谍，她坐在那儿旁观。

在那儿的居民楼里，下去两层楼，一个女人坐在阳台上缝补衣物。

你就让她缝补衣物吧，她又不往上面看。

她尽可以缝补，但别在阳台上。

这不是她的阳台吗，她和你又没有关系。

我们马上瞧吧，保罗说。

他摇摇晃晃地走进房间，带了一张椅子过来。他就像一个笨手笨脚的孩子站在椅子上。可当我问自己为什么，然后扶住他，不让他跌下来时，他把裤子拉下，开始从阳台上对着大街撒尿。那个女人收起自己的针线活儿，走进了房间里。

因为保罗涉嫌偷窃铁棒，摩托车厂召开了一次会议，他被解雇了。他车间里的同事们一言不发地坐在最后排那里，就像低矮的树林里的粪堆一样，保罗说。所有的人当时都偷盗过，时至今日还在干这种事儿，然后在家里制作喷壶、咖啡磨豆机、浸入式煮水器、熨斗、烫发剪、卷发夹，然后卖个好价钱。每两个人就有一个是内罗，人们不必写纸条，这样也行。

保罗尽管不被传讯，却也饱受打扰之苦。我搬到他家之后，就是闯入了他的生活。在我呼吸的地方，任何原本非常静默的生活都要被搜寻一番，人们不可能忽视任何属于我的东西。保罗也连同受罚。即便在我不被传讯的日子里，人们也在踩踏我的心，因为人们跟在保罗后面走。出事的是他，不是我。是否人们为了给我颜色看而以他作赌注呢，或者由于他的原因，因为他活该如此，他应该有同样的结局呢？但他从来没有得到这样的结局。出事之前，保罗比我更讨厌等候。如果他在城里的酒馆里四处喝酒，我就等着他回来。如果我被传讯，他也会等着我回来。他出事后，我像他一样等着。假若我对拿梳子的所有人思前想后，我只能对两个人有把握，我可以相信他们。莉莉那里已经没什么用了，现在只剩下保罗。人们可以看到你在想什么，少校说。如果果真如此，那么我一定可以从他们的外表，至少从邻居的外表看出，是否他们被传讯过。可能他们注意到我被阿布审讯过，但他们不愿意表露出来。

住在下面入口处旁边的米库老先生，去年九月曾经和我说过，他四月被传讯过一次。

因为你的缘故，他说。

好像我有罪似的。我搬到保罗的塔楼房时，他和我用“您”字称呼。自从他被传讯，我也有罪之后，他和我就用“你”字称呼了。他是鞋厂厂长的司机，人高马大的，肯定也是保镖之类，保罗说。米库太太是音乐学校的秘书。他们有两个儿子，他们很少写信，也从不回来。保罗经常和米库先生攀谈，更多的是谈论米库太太，而不是米库先生和他本人。她和他同龄，自从退休后一直在家。他整天在入口处或者商业大街上四处溜达，寻找谈话伙伴。

我回家的时候，他坐在入口处的楼梯上，吃着刚洗过的紫葡萄。他站起来，陪我进门，他的葡萄一直落到了电梯里。当我摁了按钮，电梯开始咕隆咕隆地向上时，他才告诉我说，他因为我的缘故被传讯了。

您为什么要过去呢？我说。我必须去，因为我是因为我的缘故被传讯。如果是因为别人的缘故，我才不会去呢。

谁会相信呢？他说。

他比我数数还快地用拇指和中指撕开葡萄皮，将嘴巴凑到我的耳边，他往每一个葡萄上面一咬，汁液就溅出来了。他伸出小指，一副装腔作势的样子，吃葡萄的时候他的全副牙齿发出刺耳的声音，这就使像他这样的人显得更难看了。是否我想吃几颗葡萄？他问道，因为我的眼睛一直在盯着他。

我并没有指责你什么，他说。

那您究竟想要干什么？

我也有孩子。

我们不能把孩子当作知心人，我说。

电梯到了下面，门打开，他将脑袋伸了进去，仿佛如果地板空着，有人也有可能站在天花板上一样。他将脚放在打开的门上。

我在这里等你了，因为我们永远不知道你什么时候回来。我必须将它记下来。

他的一只眼睛里映出我后面墙上的最后一个信箱，或者说，他眼球里的瞳孔自动呈现出白色和四边形。我没有往他另外一只眼睛里面看，因为他在低语：

两本练习本已经写满，我得自己去买。

他撕开了所有的葡萄皮，在每一根细茎上都是一堆紫葡萄皮。然后，他顺着信箱的位置向入口望去。

我没说过你什么，我发誓，什么叫发誓，一切都以书面形式出现，白纸黑字的。

米库太太玩了半辈子彩票。她退休之后，彩票业开始蓬勃发展。她始终没有忘记，自己的一生中可以不费吹灰之力地发大财。而且因为她现在已经进入老年，她愈来愈相信这一点。她穿着红花图案的盛装等待每星期三的到来，这是公布中奖的日子。她那双棕色漆皮皮鞋摆放在厅里，一旦彩票信使敲门，她可以马上穿上它。整个星期三，大多没有人敲门，因为在居民楼里，人们可以看得到这一天的尴尬情形。如果有人敲门，那顶多是一个邮递员或者一个健忘的邻居才敢出现在门口。当米库太太穿着盛装从里面慢慢关上门的时候，她自己又被欺骗了一次。然后，一切崩溃了，她将脸贴在靠背椅上，独自啜泣。米库先生打碎了墙上的几只盘子，然后将碎片扫进簸箕里。然后，他控制好自己的情绪，过来安慰她。不一会儿，房间里传来本地电台播出的流行歌曲节目。在一周的时间里，一切风平浪静，直至星期三再度来临，他的妻子重新做好了准备。保罗常常听到她在门后面哭泣，问米库先生他如何能忍受下去。他说已经习惯了他的十字架。正如当他还是专职司机，她还是秘书时，他早已习惯了她在学校里和城里收集红宝石——那种红色的碎玻璃片一样。她始终有一点点艺术才华，他说。当第一只首饰盒装满了碎玻璃片时，她特地带上它们到城市博物馆去了一次，然后到了金匠那里。因为她以自杀威胁，米库先生便将她打发到钟表匠那里，他事先在酒吧里为钟表匠的几杯白酒付了钱，以便到最后有一个人会和他的妻子说，那首饰盒里装的是红宝石。她穿着节日盛装的习惯没有任何改变，每周三晚上，那件衣服默默地被重新挂到衣橱里，偶尔还能听到她的饮泣声。但自杀的话题从此风平浪静了下来。为钟表匠出点血是值得的，米库先生说，如果能及时弄清她的底细，我就可以省下很多钱。

我搬到塔楼房不久，米库太太倚靠在入口后面的墙上。她穿着一双长统袜子，一身打纽扣的家居便服。寒毛在她的脸颊上闪烁，下巴周围露出已磨损的白色皮领，沿嘴唇上方是一点稀疏的胡子，在鼻孔下面向上卷曲。米库太太吮吸着食指，用口水在眼睛周围擦拭了一番，就像猫给自己洗脸一样。我走到电梯那里。她一动不动地嚷道：

小姐。

她指给我看一块红色碎玻璃片。

你看到过这么大的红宝石吗？

还从来没有过，我说。

我觉得这个完全可以送给英国女王，我把它寄出去，你觉得怎样？

那如果它在邮局里被偷掉了呢？

这肯定，她说，然后把红宝石塞进连衣裙里。

她从米库先生的书面观察中一定领会到了一些什么。在她的丈夫向我透露秘密之前的很长一段时间里，当我下午从城里回来，她就站在入口中央，将一块擦碗布作为围巾戴在脖子上。她用手臂挡住我的去路，说道：

你先走了，然后是保罗走了。可只有保罗来了。

现在我不是在这里吗，我说。

在他之后，她说，我的拉多来了，3.1公斤，然后是埃米尔，3.15公斤。我放走了玛拉，我丈夫不希望她来。然后埃米尔又来了，两次，这可不行啊，可当时双胞胎分身是有可能的。

她不再知道什么是擦碗布，什么是围巾。但她几个孩子的出生重量她可以倒背如流，正如我爷爷可以倒背如流劳改营里黏土砖的尺寸一样。

一半出于恶意，因为他将我的来来往往，天知道还有什么，统统记了下来；一半出于谢意，因为他向我透露了这件事，我给米库先生买了一本练习本。如果他必须将自己的观察记在我送他的本子上，他心里应该不踏实了。我本来希望礼貌地麻痹自己，因为争吵于事无补。现在不是星期三，于是我敲门，米库先生手里举着一只黄油面包为我开门。面包已经吃了一半，盐粒在面包上熠熠发光。他摇摇头。

太大了。

我不知道。

我的很小，但更厚。

那就把它们写到大一点的本子上好了，我说。

它得放进夹克衫口袋里，他说，不，不。

自此以后，我就将阿布在行吻手礼时和我说的话，或者有多少铺路石块、篱笆板条、电报天线杆、从这儿到那儿有多少窗户记在本子上。我不喜欢写字，因为人们可以发现那些写的东西，但我必须写。即便在同一地点发生同样的事情，今天的数字和明天的数字往往也一样。看样子，一切依旧，但一数数就对不上号了。如果借用手指玩，那就不会搞错——闭上眼睛，用手指临摹出云彩、屋檐、树木或枝丫上抖动的树叶，只要木头光秃秃的话。屋檐越高，手指临摹得越好。我常常从下面垂直向上溜进教堂尖塔的尖顶上去，溜进风信鸡[1]下的大楼尖塔。保罗的天线，到了屋顶上面就成了鹿角，我一直临摹至最细小的末端，我什么也没有遗漏。别去碰旁边的其他天线。以前，我在临摹时求助过路边的小石子。自从发生过包装纸里的那粒黄灰色糖果事件之后，我只使用食指，我沿各种细微之处弯曲它。我没有试过是否可以弯曲那只被剪断的手指。

我有一次临摹过莉莉。她站在厂里高过一个楼梯平台的过道上，转身出一个侧面像来，于是我向她证明，她的额头有多么平直，鼻子无动于衷，下巴和脖子是用温馨的乳白色玻璃做的。我的手指越过所有楼梯，能够感觉到莉莉皮肤和物体之间的差异。我触摸到了她肩膀的末端，莉莉将她的双手搁到双乳上：

你让我透明吧，她说，你一定可以做到。

我无法做到这一点，我只是画出了她的前侧，

1　国外一些屋顶上有一只闪光的金属公鸡——风信鸡。风信鸡就是一种风向标，用以指示风向，和现在用箭头形的风向标是一个意思。风信鸡过去被居民认为是避邪之物，后来人们把鸡身两侧分别涂上金色和黑色，以辨别风向。

她的后臂被遮住了，这时莉莉说：

现在轮到我来临摹你了。

可是已经来不及了，过道上有脚步声传来，莉莉嗖的一声冲下楼梯。她的凉鞋只有两条狭长的带子，她的踝骨蹦跳着，她的连衣裙在飞舞。我从楼梯下面只能看到莉莉的大腿和脖子。我们在院子里咯咯地笑着，她的笑声比我的还大，可她在那儿哭泣，可能她在咯咯笑的时候就已经开始哭了吧。当我好不容易克制住自己时，她真的哈哈一笑，擦干眼睛，说道：

这只是水。你还记得安东吗，那个皮货商？

鼻翼上有赘肉的那个人吗？

不，这个人不是摄影师嘛。

是搬到乡下去的那个人吗？

对。他得了水肿，水去不掉了。他死在这儿的医院里，前天，可我什么都不知道。你还知道我们怎么被逮住的吗？

不，我也根本不知道他叫安东。

有人敲门，两名内审员站在门口，我穿着内衣。他们像你之前那样好不容易克制住自己。他们俩坐在一堆皮夹克上面，手撑住下巴，彼此在窃窃私语。然后，安东将那些皮裙往我身上套，好像我是他的顾客似的。这些裙子一件比一件大，确实没一件合我身的。然后，他用拇指和中指伸开的长度丈量我的髋部直径，屁股和直至半个膝盖的长度。如果一个人这么苗条的话，一头小牛就够做一条裙子了，他说，眨眨眼，然后朝内审员看看。他将多少公分的尺码写在一盒夹心巧克力上，从我认识他至今，那只盒子就乱放在那儿，他将铅笔插到耳朵后面。他们没有肚子，屁股上有两块地方缝补过了，这就是全部，除此之外没有缝补的地方。然后他将夹心巧克力糖端了上来。其中一个内审员拿了一把，他的伙伴打发安东出去散步一小时。而我，我应该留下。这时候，安东合上那盒夹心巧克力糖，把两个人赶了出去，说道：

我真想打死你们。

他就得到乡下去了。

你愿意到那里去吗?

愿意。

可当时你说过，现在我想摆脱他。

这也是事实。

那后来你想念过他吗?

根本没有，莉莉说。

我旁边那个吃樱桃的女人腾出了她的手，将所有樱桃核都倒进她装满了东西的手提包的空隙里，那只空的漏斗形纸袋已经被捏成一团，也被塞进了手提包里。她将脏手一一擦干净，然后擦她的裙子。人们看不到她的红色花朵图案的裙子上有什么脏的地方。我看到公文包男子将胳膊举得很高，我也看到了他的脑袋。他刚才跑到哪儿去了，他不是在集市广场又上车了嘛。他大概可没有我想象中的那么多时间吧。或者是人流拥挤他也无所谓了吧。有些人喜欢挤来挤去，寻找吵架的机会。这些人往往运气也挺好，因为那些傻瓜尽管被挤来挤去，但不会出声。吃樱桃的女人已经站了起来，挤到过道上。下一站我也得下车了，很多人都在那儿下车。长途公共汽车停在拐角的地方。拿着篮子、袋子和桶桶罐罐的人都在那儿下车，然后从汽车站那里坐车到各自的乡下去。公文包男子也从那儿下车，坐车到乡下去，或者他就住在这附近吧。可能我们走的是同一条路，也许他就在我被传讯的那个地方工作。可能他还有好几站路，有一些人挤到车门周围，但下一站根本就不下车。那个吃樱桃的女人露出深蓝色牙龈朝我微笑。她挤向后面的门口。如果有必要的话，我就挤向前面的门口，前门离我稍近些。那个女人想种下樱桃核吗？我爷爷说，巴拉干平原上那些野生的种子，只有等鸟儿把它们吃下去然后拉出来之后，它们才会发芽。但是，樱桃核在下地之前，必须在太阳下晒干，然后樱桃树才能长出来。如果所有的樱桃核都生长出来，那么她手提包里的樱桃核就可以将一个樱桃园带回家了。人们往前倾，往后倒，大家都在同一时间完成这一动作。那只放着樱桃核的手提包塞在乘客中间。驾驶员按响了铃声，对着玻璃窗外面吼道：死神在卧室里等你，你却在铁轨上闲逛。然后他对着车厢吼道：每一个傻瓜都在早上起来，然后开始新的一天。谁知道，驾驶员是在自言自语，还是对着我们所有的人嚷嚷。不，比如我就愿意躺着，但阿布喜欢起床。

每天晚上，我从停车库回家，黑暗中在林荫大道后面起先根本什么都看不见，然后眼睛逐渐适应黑夜，于是看见的东西越来越多。我数着一个个房屋大门。这些大门相互交错，向不同方向伸展开，从这儿到那儿都是同样的房屋，但房屋大门上的号码不一样。如果拐进了我们那条大街，我就临摹面包厂的屋顶，手里拿着一块小石块从夜色中勾勒出每一个烟囱和那些风信鸡，以揭穿房屋大门数目相异的骗局。因为人们宁愿糊涂而不是安全，所以我玩起了数数的游戏。如果感到无聊的话，人们说，那么宁愿糊涂。数数后我玩起了借用手指的游戏，以便在我居住的地方，并不是所有的一切都和我作对。我在巴士车上看到长辫子女人时，就不再数这一地区的房屋大门了。时间就这么流逝着。只是有一天，当我离开小城很久，自己再也认不出面包厂的风信鸡时，我走到邮局后面的一条小巷，在脑子里对自己说道：

把单簧管放在桌上。

外面下起雨来了。一名男子走在我前面，撑开雨伞，于是我停了下来。当雨伞在大街的另外一头小得像一顶帽子时，我开始临摹它。我重新借用手指来了。把单簧管放在桌上，阿布说，因为我已经转动我衬衣上的大纽扣了。我把手放在桌上，忘记了这件事，他重复了一遍。那一天，阿布在我的肩上发现了一根头发。他拿掉头发时，用手指抚摸我的脸颊。他的身上散发出香水的味道，他的脖子上是刮完胡子后滑溜的毛孔，他的脸颊就像打磨过的木头一样，越往上越小。他两只手指捏着那根头发，伸出三只手指，并且想把头发扔到地上。难道他可以拥有长在我头上的头发，在食指周围弯曲起来，并把我拉向他想去的地方吗？可那些掉落的头发必须待在它们原来的位置上。阿布站起来，将衬衫硬袖口拉到手表外面时，他肯定想做点别的什么。他可能没有看到过莉莉肩上的头发从他的桌上掉下来。难道他最终还是忘记了自己的目的，就像我忘记了他那带有苦味的香水的名字？抑或他拒绝这么做吗？但这种香水我永远不会搞混，“艾薇儿”牌或者“九月”牌香水，我重新转动我的大纽扣，说道：

请您把我的头发放回去，那是我的。

这句话说出来的时候，我被自己的话吓住了，以为他要考虑惩罚我了。他将伸出去的手指收起来，我想，他在注视他的鞋尖上的洞眼图案，以决定他该做什么。我凝望从窗口透出来的灯光。那支嚼烂了的铅笔放在那里，阿布的手指放在我的肩上。他真的将头发放了回去。然后，他嚷道：

把单簧管放在桌上。

他背对着我站在窗户旁，晃动着后脑勺，一根根头发在闪烁的光芒中飘动，他颈背上浓密的毛发很漂亮，他对着外面的大树大笑，然后转过身来对着我，屁股有气无力地坐在窗台板上。他将其中一只鞋子放在鞋跟上面，鞋尖竖直，他指着那只干净的鞋底，禁不住捧腹大笑。一声狂笑，就和我的狂笑一样。他的耳朵发出绿光，树叶占有了稍稍弯曲的软骨。那里有什么可笑的呢，绿色褪化成了淡绿色，人们看到树叶离开这个世界，不是我离开。一点儿风，树可能已经抓住这种狂笑了吧。要是处在他的位置上，我才不会发笑呢。

此刻，有轨电车在汽车站旁边停了下来，大家都在挤，我站在车厢中间。公文包男子越过人们的脑袋对着驾驶员大声嚷道：上帝啊，那么多傻子。在他后面的男子抓了下下巴，说：小心，你这个丝绸毛虫，要不然我就用鞋跟踩你的胡子，你就把牙齿放在你的手绢里带回家吧。他根本没有胡子，那个公文包男子。但说这句话的人，他有胡子。两个人下了车。公文包男子再一次转过身来对着那个喜欢肇事的人，只见后者举起食指，如同人们威胁孩子那样，发出粗鲁的笑声。他的手臂瘦长而结实，他的牙齿洁白，他是当真的。他今天可是又找到了一个能将对手揍成残疾的人。公文包男子觉得这么做有失身份，他可能设想过，与其衣服上沾满血污，还不如丢脸吧，但可以毫发无损，干干净净地离开这里。而且很可能是他在流血，并在暴躁的勇气下败给对手。他耸起肩膀向另外一个方向走去。就是说，我们走的不是同一条路。他不在我被传讯的地方工作。很可惜，否则我就可以认识另外一个人了，尽管不可能熟悉他，但他不同于阿布。一个丢脸的人，被踩到尘土中，并且无所作为。驾驶员嚷道：快点啦，再磨蹭，就要过圣诞了。吃樱桃的女人已经在外面了，她走到垃圾篓那里，将那只已经捏成一团的漏斗形纸袋扔了进去。一只帽子从窗口飞到了驾驶员的脸上，是一名男子扔进来的。他头发蓬乱，裤子尿湿了，衬衫上血迹斑斑。他额头上有一块新伤疤。他旁边放着一只袋子，袋口扎紧了，袋子里有东西在乱动。驾驶员将帽子重新扔了出去：好好留着你的虱子。把帽子留着，等我过来，那名男子笑着，我可是要上车的。上我的车可不行，驾驶员说，我不是扫厕所的，这里是有轨电车。今天凌晨两点零七分我做爸爸了，那名男子说，踉踉跄跄地走来，我有儿子啦，我老婆在妇产科医院呢。那袋子里是什么？驾驶员问。一只绵羊，那名男子说，这是我送给大夫的，我要吻他的金手。他想戴上自己的帽子，可找不到自己的脑袋。他将帽子塞进裤袋里。这个不行，驾驶员说，如果你儿子在我的车上撒尿，他可以继续坐车，因为他还不会走路。但你可不行。那名男子提着袋子走过轨道，挤到车门口。正在下车的人将他挤了出去。他一只脚站在车门台阶中间。驾驶员站了起来，将他一把推了下去。他跌倒在地。嗨，头儿，你别把我丢在这里，把我带走吧，否则你儿子要瞎眼了……驾驶员往台阶上吐了口唾沫，关上车门出发了。袋子里的绵羊马上叫了起来。那些车轮，它们可能已经压过去了。我前面还有一些人要下车，我后面也有，但大家都一言不发。驾驶员说：没多远，下一站我都放你们下去。没多远，他就是这么说的，那个驾驶员，可是我得往回赶路了。到下一站该是九点四十五分了。

我知道，人可以迈开大步走，可以同时走路和呼吸。不用瞧鞋子，也不用瞧空中的一个点儿，这样才不会失去方向。人必须像从容不迫地走路一样更换目光，就像跑步一样迅捷地往前走，但不是疲于奔命。不过路必须是空着的，我前面的那两个人终究必须有路可走才行。他们提着西瓜，他们的网兜一路摇晃着。那个小贩给他们每个西瓜上面开了一个三角形口子。他用刀尖切开每一个口子当然让人品尝，然后把口子重新塞住。他们的网兜里只有熟西瓜，这两个人。开了三角形口子的西瓜发酵很快，因此必须当天吃掉。是不是这两个拿着网兜的人拥有如此大的家庭呢。或者是，这两个人今天中午、下午和晚上别的什么都不吃，就想吃西瓜，五个冰西瓜，再加上面包，这样他们就不会腹泻和寒热发作了。热西瓜吃起来有种泥浆味，必须将西瓜冰起来才好吃。这五个西瓜不会进冰箱，顶多放到浴缸里去。我爷爷说：

以前，人们将西瓜放到水井里面。水很容易支撑西瓜的重量，它们漂浮在水面上。一小时后，用水桶将西瓜捞上来吃。吃第一口时，嘴巴像在雪里一样发疼，但舌头慢慢就习惯了。西瓜太凉是一个陷阱，黏糊糊甜得可疑，吃太多胃就着凉了。每年夏天都有人因为吃了水井西瓜而死去，包括城里也有。没有人因为吃了浴缸西瓜而死去，但许多人死在浴缸里。是的，人们可以早晨用热水给自己洗脸冲澡，中午可以冰一冰西瓜，下午再宰杀羊和鹅，用水把血冲去，晚上再用热水洗脸冲澡。一切都在浴缸里。人若是对西瓜、羊和鹅以及自己感到厌倦，可能就会投水自尽，我爷爷说，是啊是啊，人很可能这么做。

还是在河里好，我说。

可这附近没有河，人还得出去找水，等到他们找到一条河，可能压根儿认不出这个人来了。河里的尸体真是可怕。谁要是累够了，最好还是最后一次将干净衣服放在桌上，漂漂亮亮地死在家里的浴缸里。

如果将这两个人的影子一起算上，那就是四个人在提西瓜了。有时候，人们其实只需要一只西瓜，但因为西瓜便宜，于是就买得太多，结果就让它们烂掉，他们也还认为自己已经把钱省下来了。我紧跟在网兜后面，脚大声着地，可是小汽车高频率的噪音在太阳下振动。为什么他们要把网兜向两边拉开呢，这样真的可不会更轻松呀。

对不起。

不，他们听不见，这句话太短了。

攀缘蔷薇攀爬在房屋之间，高耸的莳萝草在菜畦地里孜孜不倦地迎风开花，冠花贝母无精打采却又镇定自若地应对中午的热浪，尘土让它们安然入睡。晾衣绳紧绷在果树之间，其中很多是桃树和木梨树。家居服和围裙在背阴处还是湿的，在晾干之前会遭很多灰尘。我还从来没有到过这里，哪怕漫无目的也没有来过。莉莉那条带刺猬褶印的蓝色裙子是属于这里的，对那些大树而言，这些院子太小了。如果这个拿西瓜的人不介意，我现在要拉他的袖子了，他会感到愤怒吗？

很抱歉，我必须走过去。

他转过头来，依然慢悠悠地走出去两步，又一次回头瞧瞧。然后他松开自己的把手。

究竟怎么回事？她嚷道，你松开把手，难道可以什么话都不说吗？

她在西瓜下面脱下鞋子，从鞋子里伸出脚来，又从小脚趾上捡起一块掉进去的小石子：

噢，对不起，水疱破了。

嗨，那名男子说，你瞧那儿，我们不是认识她的嘛。他染成棕色的头发在头皮的地方已长出银发，那上面在闪闪发光，就像那时灯光很刺眼，马丁在那个漫长的舞蹈之夜后不再属于帕拉帕奇这个大家庭一样。她的脸就像当时马丁在卫生间里折磨她一样走样了。

噢，安娜斯塔丝娅说道，你留短发了。

你们买五个西瓜干什么?

你数过几个啦，他笑道，我们在庆祝，你知道在哪儿。

你好吗?她问。

很好，我说。

我们也挺好的，他说，也许我们真的还会见面呢。

也许，我说。

一辆卡车隆隆地驶过，安娜斯塔丝娅说:

我们得走了。

这时，马丁还吻了我的手作为告别，我朝大街望过去，因为两只系带子的婴儿鞋从一名司机的额头前飞了出来。那辆小汽车离开后，对面的街上停着一辆红色“雅娃”牌摩托车，一个老人穿着短裤站在敞开着的车棚里。而从院子后面走出来一个人，他在晾衣绳旁边低着头，然后走进车库，这个人原来是保罗。安娜斯塔丝娅的表已经是十点零五分了。

保罗和老人笑着，我在老人的细腿上寻找大理石纹理，看到了屋顶上的天线。那是保罗干的。他拿出一把扳手，并没有寻找，立即将架子旋紧。我相信他每天晚上会在城里的酒馆里四处喝酒。我为什么不相信呢，他的酒瘾是真的，难道这还会弄错吗？我从没有问过他在和谁一起喝酒，谁付的钱。保罗在家里也是一个人喝酒。出事后他曾经说过：

酒鬼们通过目光交接，从一张桌子到另一张桌子的瞬息之间就可以彼此熟识，酒杯在彼此说话。喝酒相识后，人们才让我太平下来。我和其他人一起喝我的白酒，但我希望独自一人坐在桌旁。

但自此以后，保罗将床上用品扔到了窗外的夜色中，先是我们的枕头。我看到我们的枕头，像两本袖珍书籍，又白又小地躺在下面。我赤脚坐电梯到楼下，又将它们捡了回去。可当我抱着枕头上去时，被子又被扔到了下面。我坐着电梯将被子带回楼上时，不禁哭了，因为被子太大，我被一个傻子夜里一时的念头弄得七荤八素。扔掉枕头我还可以笑得出来。米库先生家里的卧室窗户上，还亮着床头柜昏暗的灯光。尽管夜深了，但还始终是星期三，彩票没有中奖的日子。谁知道米库先生这时候还尝试了哪种安慰手段，让他老婆去适应第二天的生活呢，或许是同房，肉体上的爱吧。

碰到年轻男子，你会感到疲倦，莉莉说，可是老年人同房时对女人的肉体可以做得简单而直接。

将床上用品扔出窗外，也是肉体上的，尽管不是爱，但比飞出去的衣服更肉体。米库太太这个星期三等待一夜暴富而穿上的节日盛装，此刻已经重新挂到了衣橱里。可是她的肉体，她还穿着。如果米库太太倚靠在入口处，从现在开始再也认不出自己，从二十年前开始就再好不过了，那么我想躲避她。她衰老的肉体不像我妈妈那样出神地望着太阳，而是准备好去触摸它。米库先生有次对保罗说：

每一次同房是给她已然失效的神经添加了一勺糖，这是我可以理智地留住她的唯一的一招。

理智地？保罗问。

理智地，我说过理智地，不是正常地。

如果那盏床头灯不是照亮同房，而是照亮记事本上的最新信息，那么床上用品可以因为铅笔而脱身了。我在入口处不开灯，像贼一样拿着被子走进电梯。当我拿好被子到了楼上，保罗像一张条纹纸，穿着睡衣裤躺在白色枕头上。他弯曲膝盖向腹部靠拢，问道：

有人看见你了吗？

我给他盖上被子，将另外一条被子放在我的位置上，把上面的皱褶拉平，仿佛躺在床上的女人，从明天早上开始才是我，这个女人再也无法忍受这种疯狂的酗酒了。保罗看着天花板，说道：

我很抱歉。

这种好话我还从没有听到过。哪怕他的脸颊碾碎，下巴变形，他也不会说。对不起的话他总是埋在心里不说出来，他不会做出任何让步。这种事怎么可能和他相关呢，因此我考虑第二天撒一个谎，然后从商业大街上拿上一网兜土豆走进寂静无声的药房，说道：

我爷爷砍柴的时候，将碎片溅到自己眼睛里了。他的右眼瞎了，他住得离这里很远，无法到城里去。他从此以后再也不出家门，连教堂或理发都不去了。他在他人面前感到抬不起头来，我想给他买一只眼睛。

撒死人的谎是不用操心的，它反正彻头彻尾真不了。对于好的谎言，在阿布那里，我感觉到这种成功，因为我相信自己说的一句句谎言。劈柴是很悲惨的，我曾经恐惧万分地为其他人撒谎，可我无法毫无恐惧地为我自己撒谎。女药剂师站在那里，白外套里面穿着一件日常女服，她就像两个相互交错的女人，一个是中年妇女，一个是年轻妇女。穿着日常女服的女人知道，痛苦如何在折磨人，而穿着白外套的女人知道，人们如何在治疗这种痛苦。可她们俩对好的谎言没有一个标准。尽管如此，女药剂师还是垂下眼帘，说道：

您可以购买眼睛，也不需要药方，应该有合适的，但您不能调换。您可以从玻璃柜中拿一只，您也可以拿两只。

她笑了。

也可以拿三只，老天知道那里眼睛够多的了，它们在吃灰尘呢。

我拿了一只深蓝色玻璃假眼，在玻璃柜中的第一个缺口那里。我爷爷的棕色眼睛发出半明半暗的光芒，那是玻璃假眼无法发出的，因为玻璃假眼没有受过苦。我购买的那只假眼上有一颗黑刺李子和水紧贴着，可这个水是冰水。这只眼睛原本可以和莉莉的眼睛相媲美，但没有发挥出作用，多么让人困惑。可能根本没有任何一只手，也没有任何机器可以伪造出她那只烟草花鼻子来的。

在购买土豆之前，我到饮食店的糖果柜台去过一次。我在上下重叠的玻璃容器里看到了红色糖果，死马蜂粘在了糖果上面。我接着看到了锈迹斑斑的剃须刀片，接着是碎饼干，接着是火柴盒，接着是粘上了马蜂的绿色糖果。壁橱上面交叉放置着不同颜色的瓶子：黄色的蛋黄利口酒，粉红色的覆盆子汁，淡绿色的药酒，如水一般清澈的指甲油清除剂。上面放着的东西，是否就不是其他东西，这个没法确定。那名营业员，仿佛就是由火柴盒、剃须刀片、黏糊糊的糖果和饼干做成的一个人，马上又要化为碎片了。

一百克甜的剃须刀片，我说。

瞧你又过来了，他嚷道，你最好还是到药房去买吧，你是不是脑子糊涂了。

我是脑子糊涂了，商品从我的理智那里转身走开了。我走到蔬菜店里，很高兴从箱子里拿出土豆而不是鞋子或石头放到秤盘上。我手里提着两公斤土豆，脑子里藏着颠扑不破的东西。于是我来到药房，买下了那只假眼。如果我不被传讯，保罗就会给我做一只小假眼戒指，我就把它当作首饰挂在脖子上，我当时想。

当人们在楼梯间听到电梯载着阿布的那个听差下楼时，他的声音在我的脑袋边轻轻地回响：星期二十点整，星期六十点整，星期四十点整。多少次我在门关上后对保罗说：

我再也不过去了。

保罗拥抱我：

如果你不过去，那么他们就会过来叫你过去，他们总是找得到你的。

我点点头。

此刻，保罗将他的毛巾放在摩托车旁边的地上，坐在上面拧紧螺丝。而我就站在一棵灌木后面，不想离开，啪嗒，啪嗒，不想回到谁都知道的那幢滑落的塔楼房的沥青地上。除了米库太太，她顶多从房门口走十步到电梯那里，然后走十步到入口处，不会再远了，因为她已经不认识路了。她说道：

世界真大呀，我如何从外面觉察到我们的家在里面哪里呢。

她进了电梯那里，说道：

你上了这辆车，它用一根绳子行驶，不是用汽油。你有车票吗，今天是这个月的第一天，今天查票员肯定会过来。到了屋顶上面，人会饿死的。

她给了我一只杏子，我进了电梯。杏子核通过被她的手捂热的果肉发出敲击声。到了楼上，我将杏子扔了，从窗外飞了出去，倘使它能飞的话。有了她的杏子，我就不会被人逮住了，现在我可真喜欢像米库太太那样，她用温柔的声音喋喋不休地说起那件闻所未闻的事了。难道她不是过来说：

艾米儿又来了，两次……

夜里，当我第二次拿着床上用品上来时，我明白迎接我的是她对我说的话。

此刻，当我仍然走进塔楼房，我就穿上正在等着我的那件衬衣，然后坐在厨房里。如果有人从电梯里出来，电梯门就像石子一样，在楼上或楼下发出砰砰声。而在这儿的楼上就像是钢铁声。我如果听见钢铁声，就会走到楼梯间去。今天阿布要过来。我第一次被传讯时，他向我出示了证件。我喜欢上了他的照片却忘记看他的证件了，就像一个人在行吻手礼时压伤了母亲或者妻子的手指，她们会叫嚷一样。一定是两三个名字，太晚了，证件已经放进了衣袋里。如果阿布以为我应该消失，我会告诉他真相：

我爷爷把那匹马画到家里去了，我在门口等。

保罗从电梯里出来时，我也这么说，那么在我问他话之前，他不必马上撒谎了：

你上哪儿去了？

他常常会说：

在我的衬衫里，在你那里。

刚油漆过的红色雅娃牌摩托车，在闪闪发光。老人出于无聊，无意中往灌木那儿瞧，弯下腰凑到保罗的耳旁。此刻，保罗站起来，注视我。为什么他要扣上衬衫的纽扣呢？

哈哈，难道疯了吗？

图书在版编目（CIP）数据

今天我不愿面对自己 / (德) 赫塔·米勒著；沈锡良译. -- 贵阳：贵州人民出版社, 2021.3

ISBN 978-7-221-16177-2

Ⅰ. ①今… Ⅱ. ①赫… ②沈… Ⅲ. ①长篇小说—德国—现代 Ⅳ. ①I516.45

中国版本图书馆CIP数据核字(2020)第154831号

Title of the original German edition:
Author: Herta Müller
Title: Heute wär ich mir lieber nicht begegnet

著作权合同登记图字：22-2020-124号

今天我不愿面对自己

JINTIAN WO BUYUAN MIANDUI ZIJI

著　　者：［德］赫塔·米勒
译　　者：沈锡良
出 版 人：王　旭
选题策划：后浪出版公司
出版统筹：吴兴元
责任编辑：黄　冰
特约编辑：孙皖豫
编辑统筹：朱　岳　梅天明
出版发行：贵州出版集团　贵州人民出版社
地　　址：贵阳市观山湖区会展东路SOHO办公区A座
邮　　编：550081
装帧设计：墨白空间·黄海 | mobai@hinabook.com
印　　刷：天津创先河普业印刷有限公司
开　　本：880毫米×1194毫米　1/32
印　　张：9.25　　字数：137千字
版次印次：2021年3月第1版　2021年3月第1次印刷
印　　数：1—6,000
书　　号：ISBN 978-7-221-16177-2
定　　价：58.00 元